대쉬

대쉬

초판 1쇄 찍음 2011년 6월 7일
초판 1쇄 펴냄 2011년 6월 10일

지은이 최은하

편집 홍민정
디자인 김수연
인쇄 제본 한영문화사

펴낸곳 리즈앤북
펴낸이 김제구
등록번호 제22-741호 ┆ 등록일자 2002년 11월 15일
주소 121-841 서울시 마포구 서교동 463-31 플러스빌딩 4층
전화 02.332.4037 ┆ 팩스 02.332.4031
이메일 riesnbook@paran.com

ISBN 978-89-90522-68-9 03810

대쉬

최은하 지음

ries & book

Tell me Something

● 사랑, 20대엔 몰라서 어렵고 30대엔 알아서 어렵다

학창시절, 이웃 남학생을 보며 가슴 뛰는 짝사랑을 했다. 두 손을 꼭 잡은 채 거리를 거닐던 풋풋한 첫사랑도 했다. 한시라도 떨어지는 것이 두려울 만큼 지독한 사랑도 했다. 어찌 보면 인생의 동반자는 특정한 누군가가 아닌 사랑이란 감정일지도 모른다. 그런데도 사랑은 익숙해지는 법이 없다. 봄날에 흐드러지는 꽃망울처럼 설레는 마음을, 메마른 땅이 쩍쩍 갈라지듯 갈증 나는 연애를 어디로 어떻게 이끌어야 할지 당신은 잘 알고 있는가? 여자들은 궁금하다.

"대체 어떻게 갖고 싶은 사랑을 내 것으로 만들지?"

"소중한 내 사랑을 오래도록 예쁘게 지키는 방법은 뭘까?"

5

그래서 해답을 찾아 친구를 붙잡은 채 밤을 지새우기도 한다. 그도 성이 차지 않을 땐 서점의 연애서적이라도 뒤지고 싶다. 마치 내 연애는 아무 문제없다는 듯, 관심 없는 척하면서 빛의 속도로 두 눈을 굴리는 것이다. 그러나 단언컨대 사랑에 정답은 없다. 생김새부터 자라온 환경, 생각이 각기 다른 존재가 사람이거늘, 어떻게 정답을 놓고 똑같은 방식의 사랑을 할 수 있겠는가. 때문에 아무리 대단하다는 책을 뒤져봐도 별 뾰족한 수가 없어 보일 때가 많다. 그런데 이쯤에서 한 가지 의문이 든다. 별 뾰족한 수가 없다는 것이 곧 아무 쓸모도 없다는 뜻일까?

만약 당신이 연애경험이 풍부하다면, 책 속 연애 기술쯤이야 다 안다며 콧방귀를 뀔 수도 있다. 하지만 문제는 정작 알고 있던 것도 막상 실전에 돌입하면 신기루처럼 사라지고 만다는 데 있다. 생각해보라. 연애할 때 밀고 당기기가 중요하다는 것 정도는 누구나 알고 있다. 또 여자는 천천히 쇼핑하는 걸 즐기는 반면, 남자는 용건만 보고 싶어 한다는 것도 알고 있다. 그런데 막상 내게 이런 일들이 닥친다면? 대체 그에게 언제쯤 전화하면 성공적인 밀당이 될지 전전긍긍하고, 나와의 쇼핑을 지루해하는 남자에게 서운한 마음이 드는 게 현실이다.

좀처럼 뜻대로 되지 않는 사랑. 여기에 용기와 센스를 불어넣는 게 연애서적의 역할이 아닐까 싶다. 이 책에 담긴 연애 기술이나 이론들이 모든 남자에게 똑같이 통할 수는 없을 것이다. 하지만 '남자는 여자보다 키가 크다' 같은 남자라는 인간이 갖는 보편적인 특성을 정리해놓았다. 최소한 생물학적인 남자의 특성을 몰라 생기는 오해를 막을 수 있고, 알고는 있지만 간과하고 있던 연애의 기술도 알게 될 것이다. 궁극적으로 여자가 아닌 남자의 생각과 취향, 그리고 사랑을 이해할 수 있는 기회의 장이 되어줄 것이다.

명문 대학 진학을 위해 유치원 3년, 초등학교 6년, 중·고등학교 6년을 오로지 공부에만 올인하는 세상이다. 하물며 내 인생을 풍요롭게 해줄 '사랑'을 찾는데 두세 시간 책에 투자하는 게 뭐 그리 어렵겠나. 누군가에겐 사랑의 특효를, 누군가에겐 결혼의 지름길을 그리고 또 다른 누군가에겐 위로가 될 수 있길 바란다.

● 국내 최고 연애전문가, 실존 훈남들이 들려주는 남심男心 공략법

서점에 가보면 이미 무수한 연애 관련 서적들이 진열대를 차지하고 있다. 모두 나름의 학식과 연애 경험으로 정성들여 쓴 책들이다. 하지만 솔직히 고백하건대 그 책들을 보며 뭔가 좀 아쉽다는 생각이 들었다. 어떤 책에는 남녀의 알쏭달쏭한 심리 이야기만, 또 어떤 책에는 데이트 기술에 대해서만 정리되어 있었다. 자신의 연애 경험담이 마치 불변의 연애 법칙인양 말하는 저자들도 상당수 있었다.

그래서 생각했다. 싱글녀의 시선으로 요즘 여자들이 정말 궁

금해 하는 것들로만 구석구석 취재해 몽땅 알려주면 어떨까? 좀처럼 이해되지 않는 남자의 심리는 심리학자에게, 자세히 알고 싶은 연애 기술은 전문 연애 컨설턴트에게, 매력적으로 외모 꾸미는 방법은 스타일리스트에게 물으면 되지 않을까. 여기에 남자들의 진짜 속마음도 들을 수 있다면 좋겠다. 여자가 어떤 말과 행동을 할 때 설레고 어떤 상황에 감동하는지 좀 더 리얼하게 남자들의 속마음을 엿들어 보는 거다.

나는 방송작가다. 그동안 각종 교양·구성물을 수없이 만들어왔다. 정치인들의 말 속에서 거짓과 진실을 가렸고, 피겨여왕 김연아와 음악가 사라장의 성공요인을 따지기도 했다. 연예계 미녀와 야수 커플을 통해 능력 있는 여자가 아내 같은 남자를 찾는 사회현상을 분석하기도 했다. 사실 그 어떤 것도 내 전문 분야라고 할 수는 없다. 그리고 또한 그 모두가 나의 전문 분야라고도 할 수 있다. 나의 전문 분야는 사람들이 궁금해 할 만한 것들을 찾아 쓸모 있는 정보만을 제대로 전달해내는 것이다. 그런 내가 사랑이 어려운 여자들을 위해 직접 발 벗고 나서보려고 한다. 내 전문 분야에서 그간 갈고 닦은 능력을 십분 발휘하기로 굳게 마음먹었다.

이 책에는 감히 가치를 함부로 매길 수 없는 보석 같은 분들이 대거 참여해주었다. 국내 1호 연애 강사 이명길, 심리학 박사 이상일, 촌철살인 연애카운슬러 김태훈, 스타일의 귀재 김성일,

이들의 지식을 바탕으로 실속 있는 내용을 엮을 수 있었다. 또한, 동시대를 살아가고 있는 멋진 훈남들도 용기를 내주었다. 여성들의 마음을 사로잡는 우리 주변의 훈훈한 남자들을 대표할 만한 매력 넘치는 훈남들이다. 구글러 김태원, 광고천재 이제석, 미술관 CEO 김은오, 완소남 신동현, 성형전문의 김재원, 증권가 킹카 김영제, 젊은 교수 문승환, 기자 출신 공무원 이기주, 피부클리닉 권용현 까지. 사랑 이야기는 물론 결혼의 꿈, 미래의 목표까지 솔직하게 털어놓아 주었다. 자, 이제 한겨울 찬바람을 뚫으며 뚜벅뚜벅 발품 팔아온 내가 당신에게 어떤 말을 하고 싶어졌을지 기대해도 좋다.

Specialist
Profile

이 책에는 감히 가치를 함부로 매길 수 없는 보석 같은 분들이 대거 참여해주었다. 이들의 지식을 바탕으로 더 풍성한 내용의 책으로 엮을 수 있었다.

국내 최고 **연애**
기술코치 이명길

- 국내 1호 연애 컨설턴트, 전 듀오 대표 연애 강사
- 저서 | 〈행복한 남녀관계를 위한 법률 상식 34가지〉

남녀 **연애심리**
해석의 **대가** 이상일

- (주)레드힐스 연애심리학 연구소장,
  큰사랑라이프케어 병원 원장
- 저서 | 〈피카소의 심장〉

촌철살인
연애 철학자 김태훈

- 연애카운슬러, 팝칼럼니스트, 방송인
- 저서 | 〈김태훈의 랜덤 워크〉

스타일의 귀재
김성일

- 스타일리스트, 방송인
- 저서 | 〈I Love Style〉

| 리서치 및 자료 제공 |

결혼정보업계의 자존심 비에나래
- 대표이사 손동규

노블레스 성혼 전문 디 노블
- 대표이사 김규성

Sweet Guys
Profile

여성들의 호기심을 백만 곱하기 무한대 자극하고도 남을 대한민국 대표 훈남들. 사랑 이야기는 물론 결혼, 미래의 목표까지 솔직하게 털어놓아 주었다.

1. 직업 및 이력 **2.** 이상형 **3.** 연애타입

1

김태원_1980

엄친아의 새로운 가이드라인

1. 구글코리아 Media & Mobile 팀, 강사, 작가, MBC 〈희망특강 파랑새〉 최연소 희망강사

2. 말을 예쁘게 하고 청바지가 잘 어울리는 여자

3. 연인과 행복을 나누고픈 긍정적 연애관의 소유자

2 이기주_1977

이성과 감성의 절묘한 블렌딩

1. 공무원(대통령실 근무), 작가, 전 〈헤럴드 경제〉〈서울 경제〉 기자
2. 여성적인 외모, 배려 있게 말하는 여자
3. 연애의 낭만을 즐길 줄 아는 로맨티스트

3 문승환_1980

부드럽고도 거침없는 카리스마

1. 국내 최연소 학과장, 한국호텔관광전문학교 호텔관광경영학부 소믈리에 & 바리스타학과
2. 꿈이 있고 진취적인 여자
3. 망설임 없이 대쉬하고 리드하는 타입

4 신동현_1986

살인미소의 큐트가이

1. 쇼핑몰 낙타 디자인 팀장, 카페 더블유 CEO
2. 느낌 좋고 현명한 여자
3. 순간의 감정에 솔직하고 자유로운 타입

5 김영제_1981

금융권 no.1 킹카

1. 골드만삭스 펀드회계 및 오퍼레이션
   SBS ETV 〈철퍼덕하우스〉 대한민국
   상위 1% 꽃미남 상속남 출연
2. 진취적이고 스타일리시한 여자
3. 감정에 솔직하고 열정적인 타입

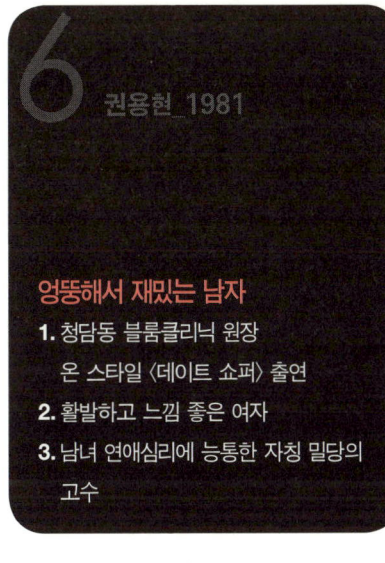

6
권용현_1981

엉뚱해서 재밌는 남자

1. 청담동 블룸클리닉 원장
   온 스타일 〈데이트 쇼퍼〉 출연
2. 활발하고 느낌 좋은 여자
3. 남녀 연애심리에 능통한 자칭 밀당의
   고수

7
김재원_1977

삶을 개척하는 믿음직한 남자

1. 압구정 서재돈성형외과 원장
2. 느낌 좋고 센스 있는 차도녀
3. 여자를 잘 챙길 줄 아는 다정한 타입

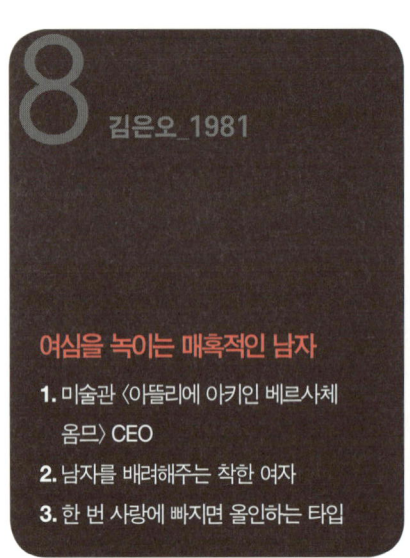

8

김은오_1981

여심을 녹이는 매혹적인 남자

1. 미술관 〈아뜰리에 아키인 베르사체 옴므〉 CEO
2. 남자를 배려해주는 착한 여자
3. 한 번 사랑에 빠지면 올인하는 타입

9

이제석_1982

거칠고도 달콤한 남성다움

1. 이제석광고연구소 대표, 대통력 직속 미래기획위원회 위원, 2010 서울시 홍보대사
2. 여성적인 외모와 섬세한 감성의 여자
3. 무뚝뚝함과 자상함을 넘나드는 자칭 나쁜 남자 타입

♂ 차례 ♀

연애 왕초보 편

연애 100번 해도 모르는
연애의 기초

Point. 1

요즘 남자가
원하는 여자

당신이 이 책을 집어든 이유를 생각해보자. 무심한 학교 선배에게 잘 보이고 싶어서일 수도 있고, 유독 당신에게만 매너 좋은 옆 부서 훈남의 진심이 궁금해서 일 수도 있다. 또 세 번이나 만난 그 남자와 딱히 진전이 없는 이유를 알고 싶어서 일 수도 있다. 하긴, 사랑하는 연인이 있더라도 연애 기술에 대한 궁금증은 영원하지 않겠는가? 연애에 대한 사람들의 궁금증을 모으면 책 한 권으로도 모자를 것이다.

하지만 무엇이 당신을 궁금하게 만들든 결국 원하는 건 딱 하나다. 내가 사랑하는 사람이 나를 사랑하는 것. 그가 나를 열렬히 사랑하게 하는 것이 궁극적인 목표다. 목표를 이루기 위해선 상대가 원하는 게 무엇인지부터 알아야 할 터, 대체 요즘 남자들은 어떤 여자를 원하는 걸까.

연애의 기술,
당신만의 특별한 '센스'를 갖추라

김은오   착한 여자가 좋아요. 기준이 뭐냐고 묻는다면 똑같이 안 좋은 상황에서도 착하게 생각하고 말하는 여자. 내가 실수를 하더라도 다그치기보단 착한 마음으로 지켜봐줄 때 참 고맙더라고요.

이제석   시원시원한 남자 같은 성격이나 화려한 외모는 제 타입이 아닌 것 같아요. 아기자기하게 챙겨줄 줄 아는 여성스러운 분이 좋더라고요. 평소 복잡한 걸 싫어하고 심플하게 사는 삶의 방식을 추구하거든요. 그러다 보면 제가 놓칠 수 있는 부분들이 있을 텐데 세심한 여자가 곁에 있어주면 무척 고맙지 않겠어요?

김재원   외향적인 것만 말하자면 수더분한 여자보다는 꾸민 여자가 좋아요. 도시적이고 늘씬한 타입을 선호하죠. '머리에 선글라스라도 낀 여자'라고 말하면 이해가 되나요? 만나는 여자 분에게 선물하고 꾸며주는 것도 좋아해요. 성형외과 의사란 직업도 이런 성향 때문에 선택한 거예요.

신동현　　이상형이 따로 없는 것 같아요. 얼마 전까진 김연아 같이 눈 길쭉하고 시크한 분위기의 여자가 좋았거든요. 그런데 요즘엔 송지효가 예뻐 보이더라고요. 눈 동그랗고 여성스런 이미지인데도 좋아요. 살면서 조금씩 이상형도 바뀌는 것 같아요.

요즘 남자들의 취향이다. 참 다양하지 않은가? 그런데 앞으로 어떤 여자를 만나고 싶은지 묻자 놀랍게도 한결같은 대답이 돌아왔다.

권용현　　여자의 스펙을 따지진 않아요. 하지만 자기관리 잘하는 센스 있는 여자가 좋죠. 이런 여자가 자신감도 있다고 생각하고요. 그래야 매력적으로 보이지 않나요?

김영제　　센스 있는 여자를 만나고 싶어요. 아, 센스 없는 게 뭐냐고요? 예를 들어 둘이 만나고 있는데 갑자기 근처에 있던 제 친구들이 왔어요. 그때 얼굴에 싫은 티 팍팍 내는 여자는 센스가 없는 거 아닐까요? 때와 장소에 맞춰 센스를 발휘할 줄 아는 분을 만나고 싶어요.

김재원　　둘만 있을 땐 제 어리광을 받아주기도 하고, 격식 있는 자리에 갔을 땐 그 분위기에 잘 어울리게 행동하는 여자. 한마디로 센스 있는 여자죠. 제 주위 어디에 소개해도 자랑스러울 것 같아요.

신동현　　현명하고 센스 있는 여자를 만나고 싶어요. 쿨하게 즐길 줄 알면서도 함께 진지하게 상의도 할 수 있는 여자와 결혼할 거예요.

김태원　　센스 있는 여자와 사랑하고 싶어요. 똑똑하게 자기 생각을 표현하고, 배려 있게 말하는 여자가 센스 있는 여자 아닐까요?

훈남들이 강조한 건 미모도 마음씨도 아니었다. 이들은 콕 집어 '센스 있는 여자'를 원했다. 마치 미리 누가 시키기라도 한 것처럼 똑같은 덕목을 강조하는 모습이 새삼 놀라웠다. 센스의 사전적 의미는 '어떤 사물이나 현상에 대한 감각이나 판단력'이다. 그렇다면 어떤 여자가 센스 있는 여자일까? 겉으로 봤을 땐 자기 관리를 잘 할 줄 알아야 한다. 그러면서도 상황에 잘 대처하는 현명함을 갖춘 여자 아닐까? 한마디로 다양한 매력이 조화를 이루는 감 있는 여자다. 정말 막연하고 애매한 덕목이다. 그래서 센스 있는 여자가 되기는 더 어렵게만 느껴진다. 제아무리 잘난 여자도 이 난해한 자질 앞에선 위축될 수밖에 없다.

20여 년 전, 최진실을 스타덤에 오르게 한 전자제품 광고. 일 때문에 바쁜 남편을 위해 축구경기를 녹화한 그녀는 이렇게 말했다. "남자는 여자하기 나름이에요." 또 10여 년 전, 김지영이 출연했던 한 맥주광고. 아내가 동창회에 한껏 꾸미고 나타나 남편의 기를 살리는가 하면, 취한 척 쓰러지며 계산의 위기까지 모면하게 만든다. 그녀의 센스에 감탄한 남편은 이런 말을 한다. "너무 예쁜 그녀, 난 복도 많은 놈입니다." 자, 그렇다면 2011년을 살고 있는 당신은 과연 어떤 센스를 갖춘 여자인가? 또 어떤 센스를 갖추고 싶은가? 지금부터 당신은 말하고 표현하는 법, 타이밍의 기술들을 익히게 될 것이다. 또한 여자가 잘 이해하지 못하는 남자만의 심리를 깊이 있게 이해하는 시간을 갖게 될 것이다. 이제 다른 여자와는 뭔가 다른 당신만의 특별한 '센스'를 갖춰보자. 이것이 바로 앞으로 펼쳐질 이야기의 핵심이다.

엄친아의 새로운 가이드라인 김태원

김태원에겐 다양한 수식어가 따라다닌다. 세계에서 가장 인기 있는 직장 구글의 인재, 대학생이 만나고 싶어 하는 인물 1위. MBC 〈희망특강 파랑새〉의 최연소 강사이자 〈생각을 선물하는 남자〉 〈젊은 구글러가 세상에 던지는 열정력〉 〈죽은 열정에게 보내는 젊은 Googler의 편지〉 등을 집필한 작가다. 그래서 사람들은 '생선남(생각을 선물하는 남자)'이라고도 부른다.

부러움을 한 몸에 받는 좋은 직장에 훈훈한 외모와 유명세까지, 뭐 하나 빠질 게 없는 남자. 젊은 나이에 이렇게 잘나가도 될까 싶을 만큼 폭풍성장 중이다. 그런 그를 보며 나는 부러움 반 질투심 반에 다소 까칠한 말투로 질문을 던졌다. "지금 당신이 누리고 있는 것의 소중함을 알긴 하느냐"고. 내 질문에 그는 그저 밝은 미소로 행복하다고 할 뿐이다.

구글을 통해 열정과 창의력의 무한한 가능성을 깨달았다는 그. 이러한 시선으로 세상을 바라보니 뭔가 할 일이 보이기 시작했단다. 한 걸음씩 새로운 영역에 도전한 결과 어느새 삶이 더욱 재밌어졌다는 것이다.

김태원이 얼마나 더 높게 성공할지 궁금해 하는 사람들에게 그는 이렇게 말한다.

"단 한 번도 위로 올라가기 위해 노력하지 않았어요. 단지 좀 더 풍성하고 행복한 삶을 위해 옆으로 가고 싶었어요."

행복을 위해 옆을 바라보며 시작한 일들이 자연스럽게 스스로를 성장하게 만든 셈이라는 것이다. 위만 보고 맹목적으로 달리는 대신 주위를 바라보며 도전할 줄 아는 남자. 그렇기 때문에 지금의 행복을 온몸으로 만끽할 줄도 아나보다.

흔히들 엄친아라 하면 잘생긴 외모나 능력, 재력 같은 기준들을 떠올리기 마련이다. 하지만 그에겐 이러한 잣대로 표현할 수 없는 '비젼'이란 게 있다. 이 시대가 필요로 하는 진정한 엄친아, 바로 김태원이다.

Point. 2

진심으로
연애를 하고 싶은가?

의외로 연애를 시작하지 못해 고민인 여자가 많다. 경험이 없어 엄두가 나지 않는 여자는 자신에게 무슨 문제라도 있는 게 아닌지 걱정하고, 연애를 제법 해봤는데도 끝이 안 좋은 여자는 기구한 팔자를 탓하기도 한다. 더 이상 누군가에게 마음 열기가 두려운 여자도 있다. 이런저런 고민 끝에 결국 이렇게 토로한다.

"나는 도대체 왜 연애를 못할까?"

하지만 좌절은 연애에 전혀 도움이 안 된다. 느는 건 주름과 한숨, 보내는 건 아까운 청춘뿐이다. 차라리 이 시간을 아껴 스스로에게 동기부여를 해보면 어떨까? 진심으로 연애를 하고 싶어야 마음도 열리고 기회도 잡을 수 있다.

오래도록 연애를 못하는 여자 중엔 그 중요성을 미처 깨닫지 못하는 이들이 꽤 있다. 남들이 왜 애인이 없냐고 물을 때마다 이렇게 대답했을 것이다.

"저도 있었으면 좋겠어요."

그렇다면 이번엔 내가 묻겠다.

"정말, 지금 진심으로 연애를 하고 싶은가요?"

있는 게 없는 것보다 나을 것 같다거나 남들도 다 있는 애인 나도 있으면 좋을 것 같다는 생각이라면 진심으로 연애를 하고 싶은 게 아닐 수 있다. 으레 사람들이 주고받는 "안녕히 계세요"나 "행복한 주말 되세요"와 다를 바 없다. 이런 인사의 특징은 거짓은 없지만 그렇다고 해서 간절히 원하는 진심도 아니란 점이다. 적당히 잘 마무리하자는 일종의 매듭과도 같다. 당신이 애인이 있었으면 좋겠다고 하는 말도 마찬가지다. 언제부턴가 입버릇처럼 하게 된 그 말이 적당한 인사말이 된 건 아닌지 생각해볼 문제다.

아무 관심도 없는 사람에게 저절로 연애의 기적이 다가오기란 쉽지 않다. 연애를 진심으로 하고 싶지 않은 여자는 길을 가다 부딪힌 남자와도 인상이나 쓰고 지나칠 가능성이 높다. 그보다는 한 번이라도 상대를 주의 깊게 바라보는 여자, 머리카락을 넘기며 상냥한 미소라도 짓는 여자가 운명적 사랑에 빠질 확률이 더 높지 않겠는가!

연애하고 싶은 기분을 만드는 세 가지 법칙

어떻게 하면 진심으로 연애를 하고 싶어질까?

하나, 연애를 어렵게 생각하지 말자!

연애를 굉장히 어렵게 여기는 여자들이 있다. '어떻게 서로의 마음을 확인할까, 팔짱은 언제 끼고 첫키스는 언제 할까, 그가 한눈 팔지 않게 하려면 어째야 하지?' 혹시 갈 길이 구만리처럼 느껴져서 감히 시작할 엄두가 나지 않는다면, 당신 큰일 난 거라고 말해주고 싶다. 이것만큼 연애에 방해가 되는 거대한 장벽은 없기 때문이다. 지금이라도 언제 어디서든 쉽게 시작할 수 있는 게 사랑이라고 태도를 바꿔보자. 내 사촌은 클럽 부킹으로 만난 사람과 결혼까지 했다. 동창 중에는 같이 수업 듣던 남학생에게 장난삼아 보낸 쪽지 이후 결혼까지 성공해 잘사는 여자도 있다. 어렵게 생각하면 끝도 없이 어려운 게 연애다. 이제부턴 연애를 좀 더 재밌고 쉽게 생각하자.

둘, 상처받을 것을 두려워 말자!

대학 때 첫사랑이 바람을 피워 헤어진 이후, 5년이 지나도록 솔로인 여자가 있다. 그녀는 도통 남자를 믿지 못하겠어서 마음이 잘 열리지 않는다고 털어놓았다. '이 사람은 믿을 수 있을까'

백번 고민하다 관두는 악순환이 벌어졌다. 그러고 보면 나 역시 연애를 하고 싶지 않을 때가 있었다. 심장을 헤집는 이별의 고통을 다시 겪을까봐 두려웠다. 세상에서 가장 친밀했던 사람과 순식간에 남보다도 못한 관계가 되어버리는 상실감도 더는 겪고 싶지 않았다.

그러나 상처받을 것을 두려워하면 아무것도 시작하지 못한다. 죽을 게 두려워 태어나기를 거부하는 것처럼 미련한 거다. 사랑이 주는 설렘과 열정, 평온과 행복을 포기한다면 당신은 이미 죽은 것이나 다름없다. 사랑의 상처까지도 겸허히 받아들이는 자세가 필요하다. 씁쓸하면서도 향이 깊은 원두커피를 즐기듯 진한 추억을 만들어줄 삶의 축복이라고 받아들이자.

셋, 연애로 얻게 되는 긍정적인 것들을 떠올리자!

연애를 떠올리면 일단 기분이 좋아져야 한다. 그래야 진심으로 하고 싶다는 생각도 드는 거다. 무엇이 됐든 연애의 좋은 점들을 적어놓고 자주 읽고 생각하자. 장담컨대 무엇을 상상하든 그 이상의 효과를 얻을 것이다.

이상일 박사가 말하는
'**연애**하면 **좋은 점**'

♥ 사랑은 감기도 막아준다

연애하는 사람의 혈액에선 면역을 담당하는 세포인 이미뇨글로빈이 더 많이 발견된다고 한다. 그만큼 면역력이 강해져 감기에 잘 걸리지 않는 유리한 조건을 만들 수 있다. 사랑의 힘은 위대하다.

♥ 사랑을 하면 착해진다

기분유지 효과가 생긴다고 한다. 유쾌하고 행복한 감정을 지속하기 위해 기분이 좋아지는 일을 하려는 태도를 말한다. 솔로보다는 데이트하는 연인에게 꽃이나 껌이 잘 팔리는 것도 이런 심리가 반영된 것이라고 한다.

♥ 사랑을 하면 예뻐진다

연인간의 스킨십에 의외로 많은 칼로리가 소모되는 사실을 아는가? 뺨에 주고받는 가벼운 뽀뽀는 약 4칼로리, 프렌치 키스는 12칼로리를 소모한다. 호르몬이 포만중추를 자극해 배부른 느낌도 준다. 예뻐 보이기 위해 꾸미다 보니 자연히 살결이 고와지고 스타일이 살기도 한다.

주의 │ 거꾸로 점점 살이 찌거나 꾸미기 귀찮아진다면 문제가 크다. 당장은 편할지 모르지만 연인 사이에 도움이 될 리 없다.

♥ 사랑하면 삶이 더욱 재밌어진다

솔로라면 집에서 방바닥이나 긁고 TV나 보며 주말을 보낼 것이다. 하지만 커플은 다르다. 즐거운 데이트를 위해 맛집을 찾고 경치 좋은 곳에서 드라이브도 한다. 공연이나 전시회 관람 같은 여가활동도 늘어난다. 무미건조한 당신의 삶에 재밌는 일이 하나둘 늘게 된다.

Point. 3

생물학에 남자를
물어봐

촌철살인 연애카운슬러 김태훈은 말한다.

김태훈　여자는 늘 남자는 왜 그러냐고 물어요. "남자는 왜 매일같이 술을 마셔요?" "남자는 왜 친구들하고만 어울려요?" "왜 기념일을 잊어요?" "왜 말을 안 해요?" 사실 이 질문들의 답은 생물학에 있어요. 남녀의 생김새에 차이가 있듯 포유류 수컷인 남자는 암컷인 여자와는 다르니까요. 여자의 입장으로 남자를 재단하려 하지 말고, 대신 먼저 공부를 하라고 권하고 싶어요.

요리를 잘하려면 재료의 특성부터 파악해야 하고, 수학문제를 잘 풀기 위해선 수의 개념부터 이해해야 한다. 남자를 공략할 때도 마찬가지다. 일단 인간으로서 '남자'가 어떤 특성을 가졌는지, 제대로 이해하는 게 중요하다. 하지만 대부분의 여자들은 남자의 속내를 궁금해 하기만 한다. 그래서 한탄하고 급기야 화까지 낸다. 확실히 남자를 알기 위해 따로 공부를 하진 않는다. 바야흐로 남녀평등시대, 하지만 남녀 사이에 차이는 있다. 그 차이를 발견하는 것이야말로 훌륭한 센스를 키우는 지름길이다. 이제 질문은 접고 공부를 해야 할 때다.

남자의 뇌, 여자의 뇌

앤 무어와 데이비드 제스의 〈브레인 섹스〉는 남자와 여자가 뇌를 사용하는 방식부터 다르다고 설명한다. 남자는 좌뇌나 우뇌 중 한쪽을 집중적으로 사용하는 반면, 여자는 양쪽을 골고루 사용한다. 특히 남자의 뇌가 주로 사물이나 이론을 집중적으로 다룬다면, 여자는 양쪽의 뇌를 고루 사용해 모든 감각의 자극을 보다 쉽게 연결한다. 이러한 뇌 작용의 차이는 아기 때부터 성년이 되어서까지 남녀 사이에 큰 차이를 만들어낸다. 여자 아기는 주변의 사람에 관심이 많고, 남자 아기는 자기 앞에 놓인 물체만 봐도 만족을 느낀다. 그러다 성년이 되면 여자는 남자에 비해 언어 능력이 높아지고 더 광범위한 감각 정보를 받아들이게 된다. 여자가 '직관'이 뛰어난 것도 이러한 맥락에서 이해하면 된다. 추상적인 문제에 있어서도 남자는 우뇌를 주로 사용하지만 여자는 좌뇌와 우뇌 모두를 사용한다. 정서를 조절하는 우뇌와 언어표현을 조절하는 좌뇌가 더 잘 연결되어 있는 편이다. 여자가 남자보다 더 많이 웃고, 속을 잘 털어놓고, 상대의 마음을 잘 이해할 수 있는 것도 다 이 때문이다.

한마디로 남자는 사물 중심의 세계에 산다고 할 수 있다. 여자보다 기계조립이나 지도 읽기 같은 공간지각능력이 뛰어나고 행동 기억력에 있어서도 더 일사불란하다. 또한 어떤 문제에 닥쳤을 때, 실용적이고 이익이 되도록 해결하려 든다. 예를 들어 집안일과 회사일, 데이트가 겹쳤을 경우 남자는 일단 무엇이 실용적일지 계산부터 한다. 같은 상황에서 여자가 상대방과의 관계나 즐거움 등을 우선적으로 따지는 것과는 판이하게 다른 태도라고 할 수 있다. 남자가 자기중심적이라고 욕하는 여자들이여! 남자는 그저 그렇게 태어났을 뿐이다.

논리구조의 차이

이상일 박사는 남자와 여자의 논리구조에는 큰 차이가 있다고 강조한다. 남자는 수직적 논리구조를 가진 반면 여자는 수평적 논리구조를 가졌다는 것이다. 수직적 논리구조를 가진 남자는 일을 수행할 때 차례를 배열하면서 순서적으로 취급하려는 경향을 갖는다. 사고와 판단에 있어 무척 단순한 논리를 가지는 특징이 있기도 하다. 마음에 드는 여자를 발견하면 일단 접근부터 한 후 자기 것으로 만드는 순서를 밟는데, 목적과 결과만 중요할 뿐 과정은 안중에도 없다. 이와 달리 수평적 논리구조를 가진 여자는 여러 정보를 동시다발적으로 수집할 수 있다. 여자의 수평적 논리구조는 남자의 외모가 마음에 들지 않더라도 몇 차례 만남을 이어가며 장점을 찾아낼 수 있도록 만든다. 연애기간 중 남자를 관찰하거나 떠보는 등 사랑을 재확인하는 복잡한 과정도 거뜬히 수행하게 만든다. 이러한 논리구조의 차이에서 비롯되는 몇 가지 법칙을 정리해보면 다음과 같다.

하나, 남자의 목적성의 법칙

남자가 하는 행동에는 반드시 목적이 있다. 중간 과정은 사소하게 생각하는 경향이 있다. 또한 목적을 이루면 굉장한 자부심을 갖는다. 남자는 늘 "그게 왜 중요하냐"고 묻고, 여자는 "왜 중요하지 않냐"고 싸우는 것도 이 때문이다.

둘, 남자의 투자 보존의 법칙

고생을 하면 할수록 소중하게 여기는 경향이 있다. 자신이 투자한 만큼 귀한지 안다는 것이다. 쉽게 얻을수록 더 교만해지는 게 남자다. 목적성의 법칙과 투자 보존의 법칙을 보면 여자가 남자를 어떻게 대해야 할지 답이 나온다.

셋, 여자의 행동의 관성 법칙

여자는 남자와의 교류에서 수많은 망설임을 겪게 된다. 이 과정을 통해 얻은 정보들을 취합하면서 판단을 내리는데, 한번 신뢰하게 되면 좀처럼 마음을 움직이지 않으려고 한다. 남녀 관계가 깊어질수록 여자가 끌려가는 모양새가 되는 이유다. '여자는 흔들리는 갈대'라는 말, 사실은 잘 맞지 않는다.

넷, 여자의 과거 지향적 법칙

여자는 남자를 믿을 수 있는지 확인하려 한다. 때문에 남자가 환심을 사려고 보여주는 각종 행동이나 이벤트를 중요하게 관찰하는 것이다. 소소한 과정을 잘 음미한 후 최종결정을 내리려는 경향은 생활 패턴에서도 차이를 만들어낸다. 여자가 남자의 세심한 관심을 바라고, 남자를 어린아이처럼 여기는 이유가 이 때문이다.

남녀의 진화심리학적 차이

진화심리학은 사회생물학을 더 발전시킨 분야다. 옛날 옛적 수렵과 채집을 하던 조상님 시절부터 지금까지 이어져온 환경과 변화를 바탕으로 한 심리접근법이다. 후손을 세상에 퍼뜨리는 종족번식을 위해 어떤 심리기제가 발달했는지 따져보면 남녀의 차이를 이해하는 데 큰 도움이 된다.

하나, 남자는 결혼하고 싶은 바람둥이

임신을 하면 9개월간 새로운 종족 번식의 길이 막히는 여자와 달리 남자는 하루에도 수차례 종족 번식 활동을 할 수 있다. 진화론적인 관점에서 본다면 남자는 자신의 종족 번식 능력을 아무 제약 없이 마음껏 발휘하는 게 맞다. 사람을 제외한 포유류 중 일부일처제 행동양식이 나타나는 동물은 단 3~5퍼센트뿐이다. 그런데도 왜 남자는 결혼을 선택할까? 학자들은 결혼을 통해 여자와 자손을 보호하는 것이 단발성 연애보다 종족보존에 더 이익을 주었기 때문이라고 한다. 외도를 하고 싶은 성향과 결혼제도가 끊임없이 충돌함에도 불구하고 결혼을 선택하는 이유이다.

둘, 남자가 예쁘고 정숙한 여자를 원하는 이유

남자가 젊고 예쁜 여자를 원하는 이유는 알고 보면 굉장히 단순하다. 젊고 예쁜 여자가 곧 종족번식을 잘 할 수 있기 때문이다. 머릿결, 피부, 가슴과 엉덩이 등을 통해 여자의 건강상태를 파악할 수 있다. 또 젊은 여자일수록 건강한 가임기 여성일 가능성이 높은 게 사실이다.

그렇다면 남자가 정숙한 여자를 따지는 이유는? 다른 수컷 포유류에 비해 남자는 자식들에게 엄청난 투자를 해야만 한다. 그런 만큼 남의 자식이 아닌 자기 자식을 키우기 위해선 꼼꼼히 따져봐야 한다. 확률적으로 정숙한 여자는 자신의 유전자를 가진 아이를 낳을 가능성이 높다. 남자의 입장에서 보면 정숙한 여자는 곧 안전한 유전자 번식을 상징한다.

Point. 4

첫눈에 반하는 사랑을
무시하지 말라

남자가 예쁜 여자에게 약한 것은 만고불변의 진리다. 갖은 미사여구로 포장하지 않아도 미모의 힘이 실로 위대하다는 것쯤은 기억해두길 바란다. 더 솔직히 표현해볼까? 전쟁이 나거나 집안에 상을 당한 게 아니라면 단장을 게을리하지 말자는 것이 취재를 통해 얻은 결론이다.

왠지 억울하단 생각이 드는가. 겉으로 보이는 외모가 그토록 중요하다면 과연 진정한 사랑인지 의구심이 들 수도 있다. 사랑에 빠지는 것은 좀 더 고차원적인 영혼의 울림이 아닐까? 하다못해 대화가 잘 통하는지 정도는 따져봐야 하는 게 아닌가? 최소한 이 정도는 되어야 사랑이라 부를 수 있지 않느냐고 볼멘소리가 튀어나올 법하다. 맞는 말이다. 남녀 사이에 '소울(soul)'만큼 중요한 것은 없다. 내면의 아름다움을 발견할 수 있어야 상대에 대한 존중심도 나올 수 있을 것이다. 이런 것들이 없다면 오랜 연인관계, 더 나아가 부부관계를 유지하기 힘들 것이다.

하지만 그렇다고 해서 첫눈에 빠지는 사랑을 가볍고 세속적인 감정으로만 치부할 수 있을까? 나도 인정하긴 싫지만 오래도록 회자되는 감동적인 러브스토리만 봐도 대개 첫눈에 반해 목숨까지 거는 이야기 아닌가? 로미오와 줄리엣, 이몽룡과 춘향이의 사랑이 그렇고, 사랑 영화의 명작이라 불리는 〈러브 스토리〉와 〈러브 어페어〉도 마찬가지다. 수많은 문학과 영화의 단골소재가 첫 느낌에 매료되어 지독한 사랑에 빠지는 이야기임을 부정할 순 없다. 목숨까지 걸 수 있는 진정한 사랑을 꿈꾸는가? 그렇다면 우선 목숨 걸고 내게 반하도록 만들어보면 어떨까?

외모의 중요성을 인식하자

진실한 사랑을 완성하는 데 외모가 전부일 수는 없다. 그러나 과장을 좀 보태면 시작할 때만큼은 전부일 수도 있다. 씁쓸한 현실이지만 아니라고 백번 부정해봐야 소용없다. 사랑하고 싶다면 외모부터 재무장해야 한다. 하지만 외모부터 재무장하라는 것이 곧 공장에서 찍어내는 인형처럼 되라는 뜻이 아님을 간곡히 당부하고 싶다. 외모의 중요성을 인식하길 바란다는 뜻이고, 자신의 고유한 개성과 남자가 매력적으로 느낄 만한 요소들을 적절히 버무려내란 뜻이다.

사실 외모 고민 한 번 안 해본 여자는 없을 것이다. 어떻게 해야 피부가 팽팽해질까? 눈이 좀 더 커지면 예뻐질까? 허벅지 라인이 안 예쁜데 어떻게 감추지? 키가 2센티미터만 더 컸다면 얼마나 좋을까? 별별 생각을 다 해봤을 것이다. 결국 '성형수술이라도 받을까'란 절박한 결론으로 끝나고야 만다.

언제부턴가 예뻐지기 위해선 똑같은 모양의 눈과 코, 얼굴형을 갖춰야 한다는 강박관념 같은 게 생긴 것 같다. 황신혜 코를 능가하는 콧대의 소유자가 코가 낮다며 걱정하고, 김태희를 능가하는 브이라인을 갖고서도 사각턱을 한탄하니 말이다. 대체 무엇보다 낮은 것이고 각이 졌다는 건지 그 기준이란 게 납득이 가지 않을 때가 종종 있다.

그렇다면 대체 남자에게 어필할 만한 매력적인 외모는 무엇일까? 자신의 개성은 살리면서도 남자를 효과적으로 끌어당길 수 있는 비법은 무엇일지 궁금하지 않은가? 사실 나는 미치도록 궁금했다. 여자와 남자의 관점이 다르다는 것은 알겠는데 대체 무엇이 왜 다른지에 대해선 속 시원히 들어보지 못한 까닭이다. 그래서 취재를 하며 수많은 서적들을 뒤지고 질문을 던져왔다.

그 결과 놀랍게도, 한 가지 사실을 알 수 있었다. 분명 여자와는 다른 남자만의 '미(美)의 기준'이란 게 존재한다는 것이다. 그리고 그 기준은 수세기에 걸쳐 남자의 DNA에 뿌리 깊게 박힌 특별한 종족보존의 전략에서 비롯됐음을 알 수 있었다. 이러한 미의 숨은 기준만 정확히 알아도, 여자는 자신의 개성을 어떤 방향으로 표현할지 '길 찾기'가 훨씬 수월해질 것이다. 세월이 흐르고 유행이 바뀌어도 응용할 수 있는 훌륭한 안목을 갖출 수 있기 때문이다.

훈남들이 끌리는 외모

김은오　좋아했던 여자들의 외모가 다 달랐어요. 한 친구는 키가 무척 컸고, 한 친구는 되게 아담했고요. 공통점이 뭐냐고요? 글쎄요. 아! 있긴 하네요. 굉장히 뚱뚱한 여자는 안 만나봤네요. 나름 이목구비가 또렷한 편이었고요. 처음 딱 봤을 때 눈에 띄는 타입이었던 것 같아요. 아이구, 외모를 안 따진다면서 좀 보는 것 같네요. 사실 외모야 예쁘면 예쁠수록 좋죠. 그게 솔직한 남자의 마음 아닌가요?

김태원　외모보다는 말을 예쁘게 하는 여자가 좋아요. 그런 됨됨이를 많이 보려고 하죠. 여기에 좋아하는 외모까지 말하라고요? 음, 그러고 보니 청바지가 잘 어울리는 여자가 좋네요. 하하, 제가 욕심이 많다고요? 청바지가 잘 어울린다는 게 그만큼 몸매가 받쳐줘야 한다는 생각까지는 못했네요. 전 다만 청바지가 잘 어울리는 산뜻한 느낌이 좋답니다.

김영제 　　딱히 어떤 타입 같은 건 없어요. 피부에 트러블이 너무 많거나 주름이 자글자글하면 호감이 생기지 않는 것 같아요. 이왕이면 생기 있고 동안인 여자 분에게 끌리는 거 같아요. 아, 어린 여자 좋아하냐고요? 일부러 어린 분을 찾는 건 아니에요. 하지만 실제 나이보다 어려보이면 더 좋을 것 같은데요.

이기주 　　걷다 보면 진한 향수와 화장품 냄새로 저를 빈사상태로 몰아넣는 여자들이 있어요. 그런데 간혹 순백의 구절초가 향기를 뿜어내듯 그윽한 향기를 가진 분이 스쳐지나갈 때도 있죠. 도시적이면서도 아날로그적인 향기를 품은 것 같다고 할까요? 전 이런 여자에게 끌리더라고요.

시간을 초월하는 미美의 기준

표면적으로 봤을 때 '미의 기준'은 세월과 문화에 따라 늘 바뀌어 왔다. 고대 유럽에서는 모나지 않은 부드러운 인상의 귀족적인 타입을 미인으로 여겼다. 이와는 달리 북미 대륙의 원주민들은 납작한 얼굴에 튀어나온 광대와 큰 턱을 가진 강인한 타입을 선호했다. 미의 기준이 바뀐다는 것은 우리 주변만 봐도 쉽게 알 수 있다. 한때 강수지, 하수빈 같은 청순한 스타일이 인기였는가 하면, 이효리나 채연 같은 섹시한 스타일이 대세일 때도 있었다. 최근엔 유이나 신민아처럼 육감적인 몸매와 동안 얼굴이 환영받고 있다.

예뻐지고 싶은 여자들은 늘 헷갈릴 수밖에 없다. 어느 장단에 춤 춰야 할지 몰라, 유행에 자신을 내던져버릴 때도 있다. 부담스럽도록 진한 스모키 메이크업을 하기도 하고, 초미니스커트에 도전하기도 한다. 레이스 달린 소녀풍의 핑크 원피스를 입고선 여신이 된 듯한 착각에 빠져보기도 한다. 하지만, 정답은 찾지 못하고 부작용만 남을 때가 비일비재하다.

이쯤에서 나는 좀 색다른 방법을 제안할까 한다. 시대와 문화를 초월하는 '미의 기준'을 알고 있으라는 것이다. 아무리 유행이 바뀌어도 절대 바뀌지 않는 코드를 알아두면, 멀고도 험난한 아름다움을 향한 도전이 훨씬 수월해질 수 있다.

아름다움의 중심에 '여성성'이 있다

남자가 아름다움을 느끼는 데는 의외로 단순한 미적 기준이

작용한다. 바로 '여성성'이다. 남자는 자신이 가지지 못한 여자만의 특징을 발견했을 때 강한 흥미와 매력을 느낀다. 1976년 애리조나 대학의 렌느와 앨런 교수가 조사한 남성의 여성에 대한 배려 연구도 이를 잘 입증한다. 남자와 여자가 함께 문을 통과하게 했을 때, 보다 여성스러운 복장을 한 여자에게 남자가 문을 잡고 기다려주는 비율이 더 높았다고 한다.

굳이 연구까지 들먹일 필요도 없다. 길 가던 여자가 갑자기 넘어졌다고 상상해보라. 밀리터리 점퍼에 헐렁한 청바지, 짧은 커트 머리를 한 여자라면 그녀를 일으켜 세우기 위해 나서는 남자가 몇이나 있을까? 반면 긴 생머리에 하늘거리는 시폰 스커트를 입은 여자가 넘어졌다고 상상해보라. 과연 그냥 지나칠 수 있는 남자가 몇이나 될까? 얼굴이 예쁘고 아니고는 둘째 문제. 일단, 여자로 보여야 남자가 마음의 문을 열 수 있다. 그의 문부터 열어두고, 닫을지 말지를 결정하게 만들어야 한다. '여성성'이 남자를 끌어당기는 최적의 무기다.

"나는 당신의 아이를 가질 수 있는 건강한 여자다!"

지금부터 여성성을 효과적으로 발휘하는 숨은 비법을 알려주겠다. 똑똑히 기억하자. '당신의 아이를 가질 수 있는 건강한 여자'라는 메시지에 답이 있다. 난데없이 애 잘 낳는 여자로 보일 때 아름다워 보인다니, 어처구니가 없는가? 하지만 남자 입장에서 보면 무척 말이 되는 기준이다. 이러한 조건을 살피는 것이야말로 종족번식과 직결되는 중요한 절차이기 때문이다.

떡 벌어진 어깨에 근육질의 여자를 아름답다고 여기는 남자는 없다. 물론 빈약한 가슴이나 볼륨 없는 엉덩이를 보고 감탄하는 남자도 없다. 남자들은 기왕이면 풍만한 가슴과 엉덩이, 쭉 뻗은 각선미의 볼륨 있는 몸매를 좋아한다. 그런데 왜 하필 이런 몸매가 여성성을 상징하게 됐는지에 대해 생각해본 적이 있는가? 처지고 납작한 엉덩이나 빈약한 가슴은 왜 예쁘지 않은 기준에 속하는 걸까?

남자 입장에서 보면, 여자의 탄력 없고 앙상한 엉덩이는 늙고 임신능력이 떨어진다는 걸 상징한다. 그렇기 때문에 보다 볼륨 있고 탱탱한 엉덩이를 선호하는 것이다. 풍만한 가슴을 선호하는 이유도 마찬가지다. 대부분이 지방층인 여자의 가슴은 외부 환경의 위협 속에서도 아이에게 젖을 잘 먹일 수 있다는 신호로 해석될 수 있다. 그렇다면 남자가 여자의 쭉 뻗은 다리를 좋아하는 이유는 뭘까? 사람은 나이가 들면 들수록 뼈가 휘고 약해진다. 그렇기 때문에 곧게 쭉 뻗은 다리는 건강함과 젊음의 상징이 될 수 있다.

내친 김에 고운 피부를 선호하는 이유도 짚고 넘어가자. 주름살 없이 곱고 윤기 있는 피부는 호르몬이 충분히 분비되는 젊은 여자임을 상징한다. 요컨대 '젊고 건강하다'는 건 곧 '아이를 잘 낳을 수 있다'는 뜻이다. 남자가 종족 번식을 위해 이러한 신호들을 환영하는 건 당연한 이치다. 사실 남자가 여자의 외모를 무척 복잡하게 따지는 것처럼 보였지만 실상은 단순하고도 정직한 생물학적인 이유 때문이었다.

미모를 향한 노력에 끝이란 없다

여자도 본능적으로 남자들의 미의 기준을 잘 알고 있는 것 같다. 세월과 문화에 따라 유행은 변해 왔지만 여성성을 어필하려는 부단한 노력은 변함없기 때문이다. 18~19세기 유럽 여자들은 허리를 압박하고 엉덩이를 강조하는 드레스를 입었다. 허리를 심하게 졸라매다 보니 기절하는 경우가 다반사요 갈비뼈가 부러져 죽는 경우도 있었다고 한다. 이렇게까지 해서 얻는 효과는 가슴과 엉덩이가 더욱 풍만하게 보일 수 있다는 점이다.

20~21세기 여자들이 발목이 꺾이고 발가락이 기형이 되면서까지 높은 힐을 신는 이유는 뭘까? 높은 힐은 그만큼 다리를 곧고 길게 보이게 하는 효과가 있다. 특히 스텔레토 힐을 신고 걸

을 땐, 가슴이 곧게 펴지고 엉덩이는 뒤로 빠지며 종아리가 길어 보이는 효과가 있다. 보폭도 짧아져 몸을 더욱 흔들거리게 된다. 그만큼 몸매의 곡선이 살면서 여성성을 강조할 수 있는 것이다.

여자들은 예뻐지기 위해 끊임없이 노력해왔다. 그 과정 속에서 다양한 유행과 산업을 창조해내고 변화를 거듭해왔다. 하지만 이 거대한 흐름 속에서도 변치 않는 게 있다. 이제는 당신도 눈치 챘을 것이다. 바로 '여성성'이다. 좋아하는 남자가 바뀌거나 유행이 빠르게 변할 때마다 외모가 고민되는가? 딱 한 가지만 잊지 않으면 된다. 내가 가진 여성성이 무엇인지 파악하고 그것을 효과적으로 표출하도록 노력하는 것이다.

가슴이 풍만한지, 다리가 곧은지, 머리카락이 건강한지, 피부가 고운지… 나만의 여성성을 찾아보자. 모든 조건이 다 충족되지 않더라도 괜찮다. 당신이 가진 여성성을 찾아내 강조해준다면 그렇지 않을 때보다 훨씬 매력적일 수 있다. 잊지 말자! 미모의 핵심 기준은 '여성성'이다. 또한 여성성을 가장 잘 표현하는 방법은 '임신 가능한 젊고 건강한 여자'라는 메시지를 전하는 데 있다.

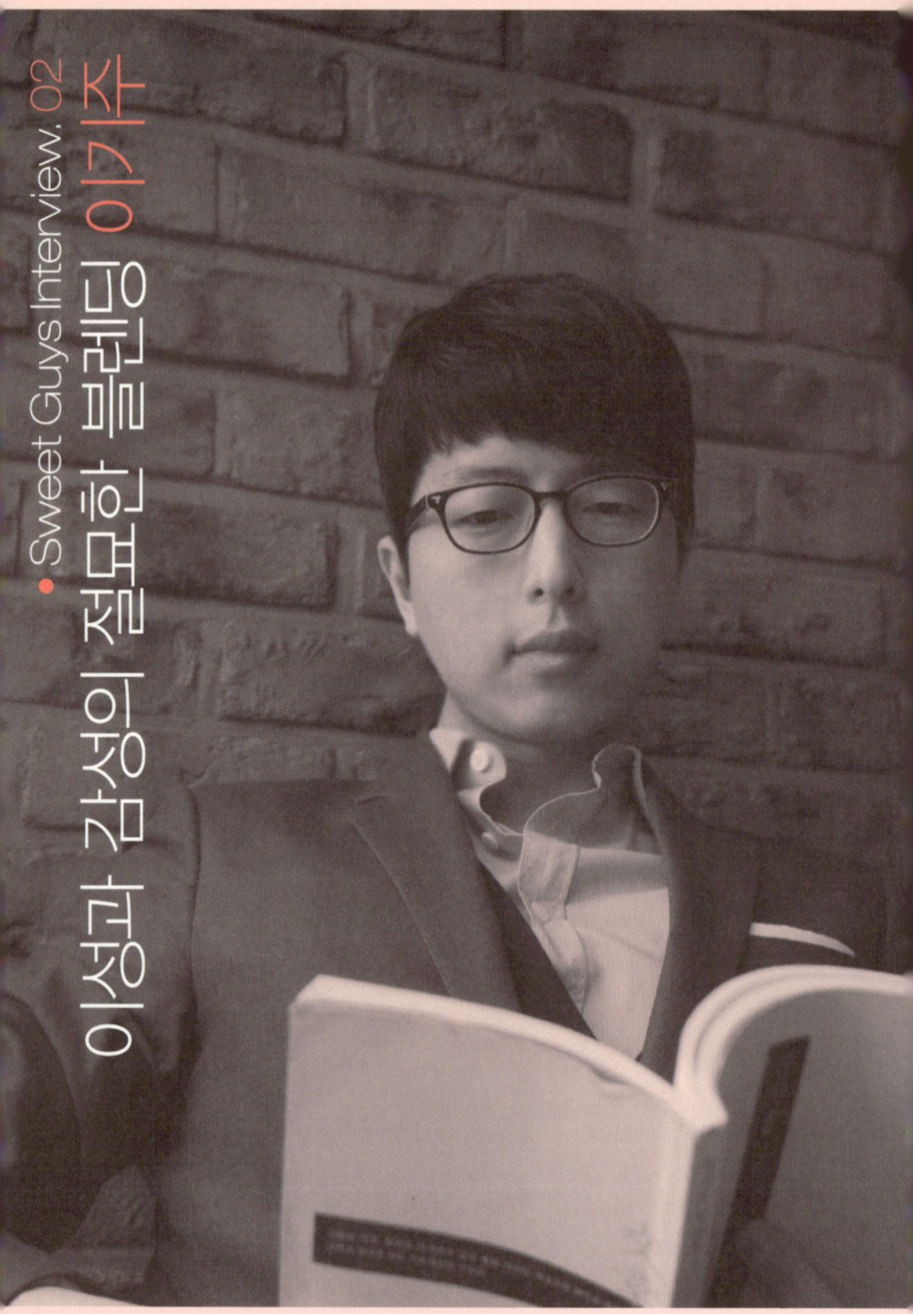

Sweet Guys Interview. 02

이성과 감성의 절묘한 블렌딩 이기준

대한민국 대표 브레인임을 자랑하는 직장, 한 치의 흐트러짐도 없는 준수한 외모와 매너까지 여자들은 물론이고 부모들도 탐낼 만한 남자 이기주. 평소에는 냉철한 사고와 정확한 판단력을 요구하는 일들을 주로 하지만 직장 밖으로 나서면 세상을 향해 길게 뻗은 가지를 드리운 채 감성을 적시는 일에 몰두한다고 한다.

취미로 바리스타 과정을 듣고, 요리수업에 참가하기도 하며, 아프리카 타악기 봉고를 익히기도 했다는 그. 평소 운동도 좋아하는 터라 무에타이와 보드는 선수급 실력을 자랑한단다. 그뿐 아니다. 글 솜씨도 출중해 짬짬이 소설을 쓰기도 하고, 곧 사람과 사랑에 대한 에세이 〈서울 지엔느〉를 출간할 예정이라고 한다.

남들은 이중 한 가지도 제대로 하기 어려운데, 마땅히 해야 할 일들인 양 부지런히 해내는 그. 아직 가지 않은 길에 대한 충만한 호기심과 과감한 실천력, 세상과 소통하려는 촉촉한 '온기'가 느껴진다.

이 남자는 앞으로 또 어떤 일들을 벌이며 살까? 자신이 꿈꾸는 미래를 말해 달라고 부탁했다. 그러자 대개의 사람들이 원하는 성공이나 부, 자신의 행복 따위를 먼저 끄집어내지 않았다.

"감동을 주는 사람이 되고 싶어요."

이기주의 매력은 와인이 주는 설렘과 묘하게 닮았다. 뚜껑을 따기 전 고유의 맛과 향기를 기대하게 하는 와인. 세상 어떤 술도 이런 설렘을 주진 못한다. 그도 마찬가지다. 함부로 규격을 따질 수 없는 깊은 내면이 묘한 기대와 설렘을 안겨준다. 그의 향기에 여심이 달콤하게 취한다.

Point. 5
김성일의 '사랑을 부르는 스타일 시크릿'

대한민국을 대표하는 패셔니스타 김남주, 손예진, 김사랑, 김민희, 이미숙. 이 여배우들에게는 한 가지 공통점이 있다. 바로 스타일리스트 김성일의 손길을 거쳤다는 사실이다. 〈역전의 여왕〉 김남주의 '천지애 룩'을 탄생시키고 〈시크릿 가든〉 김사랑의 '윤슬 룩'을 빚어낸 패션계 미다스의 손. 그의 스타일엔 패션에 대한 해박한 지식은 물론 남자와 여자 그리고 인간에 대한 이해가 깃들어 있다.

대부분의 여자들은 값비싼 명품이나 보석보다 김성일의 탁월한 패션 감각을 더 탐낸다고 해도 과언이 아니다. 그래서 우리 평범한 여자들에게도 당신의 센스를 입혀 달라고 SOS를 보냈다.

김성일이 말하는 '첫 만남' 스타일 팁

김성일   소개팅, 미팅 등 첫 만남의 자리를 위해 스타일링할 때, 가장 먼저 염두에 둬야 할 게 뭔지 아세요? 머리를 어떻게 할까, 옷을 어떻게 입을까가 아닙니다. 가장 먼저 생각해야 할 것은 스스로 '호감형'이 되어야 한다는 점입니다. 일단 상대가 호감을 느낄 수 있는 이미지를 전달하는 것이지요. 이를 위해선 건강한 에너지와 밝은 표정이 전제되어야 합니다.

스타일에 있어서도 반드시 명심해야 하는 한 가지가 있는데요. 바로 과유불급입니다. 너무 화려한 것, 심하게 치장한 느낌을 경계해야 해요. 누구나 이날만큼은 예쁘게 보이고 싶은 마음이 들기 마련이지요. 그래서 자기도 모르게 치장이 과해지기 쉽거든요. 머리에 안 꽂던 화려한 핀도 꽂아야죠, 평소보다 더 블링블링한 귀고리, 목걸이도 해야 하죠. 팔찌와 반지는 안 하면 괜히 허전한 것 같기도 하고요. 그렇다고 화장을 안 하나요? 간만에 마스카라도 진하게 칠해야 하고, 생기 있어 보이려고 립 그로스도 듬뿍 바릅니다. 여기에 평소 자주 입지 않던 옷까지 차려 입는 겁니다. 결국 부담스러운 룩이 완성되죠. 남자들은 이런 패션을 너무 싫어해요. 아주 질색하죠.

남자들은 과하지 않은 느낌을 선호합니다. 그렇다고 해서 전혀 꾸미지도 않은 수더분함을 선호한다는 건 아니고요. 분명 나를 위해 꾸미고 나온 티는 나지만 과하지는 않은 느낌을 원해요. 첫 만남에서 호감을 얻기 위한 스타일링의 기본은 좀 덜어내라는 겁니다. 화장도 액세서리도 한두 군데씩만 포인트를 줘야 합니다. 그 이상 시선 갈 곳이 많아지면 과하다는 느낌을 주기 시작하죠. 반드시 과유불급을 잊지 마셔야 해요.

두 번째로 중요한 것, 여성성을 어필해야 한다고 말씀드리고 싶어요. 남자들은 자신이 가질 수 없는 특징을 봤을 때 매력을 느끼거든요. 결국 긴 생머리나 치마가 여성스러움을 상징하기 때문에 좋아하는 거예요. 한때 청담룩이 유행했죠. 페라가모 머리띠에 검정 생머리. 단아한 앙상블 니트와 스커트 기억나시죠? 사실 여자들보다는 어르신이나 남자들이 좋아하는 패션입니다. 과거 심은하나 이영애의 패션이 이런 식이죠. 남자들은 이런 패션을 좋아해요. 물론 당장 하룻밤 연애 상대를 찾는다면야 야하게 입은 여자를 좋아하겠지만…. 연인을 찾는 남자는 단아하고 여성스러운 패션을 선호합니다. 바지보다는 스커트를, 강렬한 색상보다는 부드러운 파스텔 계열을, 볼드한 액세서리보다는 여성스러운 액세서리를 좋아한다는 걸 기억하세요.

가능하면 이러한 단아함 속에서 나름의 섹시함을 연출해보는 것도 좋습니다. 대놓고 섹시한 미니스커트나 푹 파인 민소매를 입는 건 금물이고요. 원피스를 입되 네크라인이 돋보이고 하늘하늘한 여성스러운 슬림 원피스를 입으면 좋겠지요.

여자가 좋아하는 스타일 vs
남자가 좋아하는 스타일

김성일　남자와 여자가 좋아하는 스타일은 다릅니다. 그렇다고 자신을 버리고 남자의 취향에만 맞추란 건 아니고, 자신의 스타일에 남자들의 로망을 덧입혀 보세요. 여자가 자신의 취향에 맞는 남자를 찾듯 남자도 자신의 취향에 맞는 여자를 좋아할 수밖에 없죠. 이러한 니즈를 존중해주라는 겁니다.

요즘 남자들이 좋아하는 연예인으로 신민아, 신세경, 김사랑이 있죠. 특히 김사랑은 여자보다 남자들이 정말 좋아해요. 머리 끝부터 발끝까지 '나 여자'라고 써 붙인 스타일을 연출하거든요. 동안 형의 귀여운 얼굴에 글래머러스한 몸매, 여성스러운 패션을 즐기니까 남자들 입장에선 좋아할 수밖에 없습니다.

남자들은 후줄근한 스타일을 혐오합니다. 과한 치장도 싫어하지만 후줄근한 모습은 더 싫어하죠. 안 꾸민 듯 꾸미고 나온 느낌을 좋아해요. 여자가 자신을 전혀 신경 쓰지 않고 있다는 증거로 받아들이기 때문이죠. 절대 후줄근하게 입지 마세요. 아무리 오래된 연인이라도 자꾸 그런 모습을 보이면 마음이 떠나기 십상이에요.

이 외에도 피해야 할 것들은 더 있어요. 레오파드 일색으로 맞춰 입거나 퍼로 온몸을 휘감는 패션은 피해야 합니다. 대체적으로 남자들은 애니멀 프린트와 퍼(털 장식)에 대해 거부감을 갖거든요. 여성성과는 상반되는 이미지 때문인 것 같아요. 입고 싶으면 과하지 않게 살짝만 활용해보세요. 니트 속 브라우스에 애니멀 프린트를 받쳐 입는다든지, 깔끔한 정장에 레오파드 하이힐로 포인트만 주는 식이죠.

레깅스 패션도 조심해야 해요. 처음 레깅스가 등장했을 때에 비하면 이제는 남자들도 어느 정도 적응이 된 것 같긴 한데, 문제는 여자들은 레깅스를 바지로 여기는 반면, 남자들은 스타킹으로 여긴다는 데 있는 거죠. 그래서 레깅스를 입더라도 스타킹 대용 정도로만 가볍게 소화한 느낌을 선호해요. 엉덩이를 충분히 덮어주는 긴 니트에 입는 식으로요. 만약 웃옷이 너무 짧아 허벅지가 많이 드러나거나 엉덩이 선이 드러나면 질색을 합니다. 너무 튀는 색깔의 레깅스 코디도 피하세요. 남자들 눈엔 야한 스타킹을 착용한 것으로 보일 뿐입니다.

패션 아이템, 오드리 헵번을 응용하라

김성일　　여자라면 몸매 관리를 포기해선 안돼요. 패션이 돋보이려면 꾸준한 몸매관리는 필수랍니다. 물론 쉬운 일은 아니죠. 하지만 김남주, 김사랑 같은 미녀 스타들도 모두 꾸준히 관리하고 있어요. 몸매뿐 아니라 손 관리도 신경 쓰고요. 의외로 남자들은 촉촉하게 잘 관리된 예쁜 손을 많이 봅니다. 여자들은 네일을 할 때 자기만족을 느끼지만 남자들은 깔끔하게 정돈된 손에서 '성의'와 '여성스러움'을 느끼죠.

지금 시점에서 어떤 패션 아이템이 좋다고 추천하고 싶지는 않아요. 유행은 그때그때 변하기 마련인데 당장의 유행을 알려드리는 건 장기적으로는 별 도움이 되지 않을 테니까요. 대신 이건 말씀드릴 수 있어요. 제가 스타일링 할 때 늘 고려하는 나름의 비법이라면 비법인데요, 지금까지 언급한 모든 스타일 팁의 기초가 '오드리 헵번'에게 있다는 걸 잊지 마세요.

오드리 헵번 패션이야 말로 남자들이 좋아하는 모든 것이 담긴 좋은 본보기거든요. 사랑스럽고 여성스러운 헤어스타일, 여성스러운 얼굴과 몸매, 잘록한 허리가 돋보이는 우아한 블라우스와 하늘거리는 스커트. 바로 남자들의 로망이죠. 오드리 헵번의 클래식 룩이 현대적으로 변형된 아이템을 찾아보세요. 유행이 바뀌더라도 변함없이 큰 도움이 될 겁니다.

Audrey Hepburn

오드리 헵번 룩에
도전하라

∙∙

오드리 헵번 룩은 가슴선과 잘록한 허리 라인을 강
조한 로맨틱한 패션 스타일로 여성스러움과 큐
트함 그리고 섹시함까지 두루 표현할 수 있다.
2000년대 후반에 들어 복고풍 여성미를 강조하며
재조명받고 있는 '레이디 라이크 룩'이 있는데, 이
또한 오드리 헵번 룩이 현대에 맞게 변형된 예라고
할 수 있다. 〈마이 프린세스 다이어리〉의 김태희, 영
화배우 김아중, 이나영 등 여자 스타들이 즐겨 입는
패션 스타일이기도 하다.

Dash

첫 만남 공략 편

유혹, 나도 할 수 있어!

Point. 1

여자에게 두 번째
기회는 없다!

이명길 강사는 늘 '첫 만남의 중요성'을 강조한다. 그러다보니 이런 질문을 곧잘 던지기도 한단다.

"첫 만남이 중요한 이유가 뭘까?"

만약 당신이 '좋은 이미지를 남겨야 해서'라고 대답한다면 그건 반쪽짜리 답밖에 안 된다. 첫 만남이 중요한 진짜 이유는 사람들은 한 번 결정하면 선택한 방향으로 끝까지 합리화하려는 경향을 가졌기 때문이란다. 바로 '일관성의 법칙'이다. 첫 만남에서 이성적으로 끌리도록 만들 수 있다면 그 이후의 단계는 훨씬 더 수월해질 수 있다. 반면, 처음에 나쁜 인상을 남겼다면? 한 번 정해진 부정적인 판단을 뒤집기가 하늘의 별 따기만큼이나 힘들 것이다.

일관성의 법칙은 남자보다는 여자에게 훨씬 불리하게 작용한다. 이상일 박사가 언급했던 '남녀의 논리구조'를 떠올려보자. 수평적인 논리구조를 지닌 여자는 상대가 마음에 들지 않더라도 지속적으로 정보를 수집하려 든다. 그렇기 때문에 첫인상이 좋지 않더라도 이후에 마음이 변할 여지가 있다.

하지만 수직적인 논리구조를 가진 남자에게는 한 번에 한 가지씩 정보를 처리해 나가는 단계가 있을 뿐이다. 처음 상대를 봤을 때 우선 자신의 타입인지 아닌지부터 결정한다. 이 정보처리 단계에서 호감형인 여자로 보여야 그 다음의 감정적인 단계도 진행해 나갈 수 있다. 만약 처음에 여자로 느껴지지 않는 상대라면 그 이후에도 좀처럼 마음을 열기가 힘들다. 이미 남자의 뇌는 상대를 여자가 아닌 사람으로 처리했기 때문이다. 그렇기 때문에 여자는 첫 만남에 사력을 다해야 한다.

남자란 그저 한 번 좋으면 그만이다. 예뻐 보이는 여자가 착하게도 보이고 현명하게도 보이는 셈이다. 제아무리 대단한 남자도 조건 좋은 여자보다 이상형에 소위 필(feel)이 꽂히는 이유다. 어쩌면 남자가 단순하다는 말은 이 때문에 나왔는지도 모르겠다. 물론 훈남들도 예외는 아니었다.

김재원　아직까지 미혼이라서 그런지 주변에서 선 자리가 많이 들어와요. 정말 대단한 집안의 자제분들 많이 만났습니다. 나랏일 하시는 분 따님, 기업 경영자의 둘째 따님 같은 분들이죠. 사실 조건만 본다면 제게 과분한 분들이 분명합니다. 그런데 문제는 제 마음이 전혀 움직이지 않는다는 겁니다. 처음 봤을 때 별로 끌리지 않으면 더 알기 위해 노력하고 싶지가 않더라고요. 차라리 커피숍에서 우연히 마주친 매력적인 여자 분이 더 궁금하다고나 할까요?

아, 제가 선 봤던 여자 분들의 어떤 점이 마음에 안 들었냐고요? 마음에 안 들었다기보다 첫 만남에서 그다지 끌리지 않았다는 게 맞는 표현인 것 같아요. 되게 철 없어 보일 수도 있는데, 너무 수더분하고 교양 가득한 여자 분들은 내 여자같이 느껴지지 않더라고요. 제가 무슨 비즈니스 파트너나 교양 선생님을 찾는 게 아니잖아요. 사랑할 여자를 찾는 거라 그런 건지, 제 타입인지 아닌지를 먼저 따지게 되더라고요.

신동현　　　주로 어떻게 여자를 만나냐고요? 다른 남자들이랑 똑같아요. 길 가다, 친구 소개로, 클럽에서… 방법은 무척 다양해요. 지금까지 사귄 여자들을 보면 다들 첫눈에 맘에 들었었던 분들이에요. 물론 첫 인상만 놓고 봤을 때 적당히 호감 정도만 생긴 여자도 있고 엄청 끌리는 여자도 있었죠. 이렇게 정도의 차이는 있지만 일단 끌려야 연락처도 묻고 그 다음에 만나게도 되죠. 아닌데 뭣하러 더 알려고 노력하겠어요? 처음엔 별로라고 생각했는데 몇 번 더 만나면서 좋아진 경우는 단 한 번도 없어요. 첫만남이 되게 중요한 거 같아요.

로마의 영웅 카이사르를 유혹한 클레오파트라. 카이사르가 죽은 후에는 마르쿠스 안토니우스 총독까지 자기 사람으로 만든 유혹의 대명사다. 하지만 그녀의 외모를 두고 뛰어난 미녀라 평가한 기록은 어디에도 없다. 다만 유혹을 위해선 어떤 연출도 마다치 않는 노력파라는 기록은 있다.

클레오파트라가 안토니우스를 유혹할 당시, 강에 있는 안토니우스의 배를 향해 자신의 배로 접근한 그녀는 온몸에 고급 향유를 바르고 값비싼 장신구를 걸친 채 황금천막 아래 고혹적인 자세로 앉아 있었다고 한다. 자신뿐 아니라 배도 아름답게 꾸몄는데 군데군데 황금 칠을 하고 돛은 매혹적인 보랏빛으로 물들였다. 노예들이 젓는 노까지 번쩍거리는 은으로 도금했을 정도다. 아름다운 배를 타고 은은한 향을 풍기며 안토니우스를 향해 다가갔을 클레오파트라. 얼마나 황홀한 여신처럼 보였을지 짐작이 가고도 남는다. 그 유명한 클레오파트라 여왕도, 첫 만남을 위해 이토록 공을 들였다. 하물며 평범한 우리 싱글녀들은 얼마나 노력해야겠는가? 새로운 각오를 다짐해야 할 때다.

3초, 3분 그리고 15분의 숨은 의미

남녀가 작정하고 짝을 찾으러 나서는 자리가 미팅, 소개팅이다. 자리가 자리인 만큼 매번 정답 없는 걱정이 쌓이는 때이기도 하다. 어디서 만나는 게 좋을지, 만나면 무슨 말을 해야 할지, 어떤 음식을 먹어야 하고, 얼마 만에 헤어져야 상대를 아쉽게 만들 수 있을지… 한 번도 쉬운 적이 없다.

사실 여자의 입장에서 보면 상대가 마음에 들고 안 들고는 둘째 문제일 수도 있다. 일단 내가 애프터 신청을 받은 후 마음을 결정해도 늦지 않다고 생각하는 게 여자이기 때문이다. 하지만 현실은 종종 찬물을 끼얹는다. 분명 즐거운 식사도 하고, 분위기 좋은 카페에서 차도 마셨다. 집에 들어가는 길엔 차로 바래다주기까지 해놓고, 이상하게도 그가 애프터 신청은 안 하는 것이다. 이럴 때면 저녁 내내 마치 바보가 된 것 같아 불쾌할 수밖에 없다.

이상일 박사는 첫 만남의 자리에서 '함께 한 시간'과 '성공률'은 반드시 비례하는 게 아니라고 한다. 긴 시간 데이트를 했다고 해서 그가 나를 마음에 들어 한다는 신호는 아니라는 말이다. 앞에서도 언급했듯 남자는 논리구조상 첫인상에 받는 영향이 무척 크다. 게다가 상대에 대한 판단을 내리기까지 엄청난 스피드를 발휘하기도 한다.

놀랍게도 남자는 처음 만난 자리에서 단 15분 안에 상대를 다시 만날지 안 만날지를 결정한다. 남자가 판단을 내리기까지의 과정을 좀 더 자세히 들여다보면, 처음 본 순간 짧게는 3초, 길게는 10초 사이에 첫 번째 정보처리가 이뤄진다. 이 짧은 시간 안에 외모에 대한 판단이 서면 3분 안에 상대의 첫인상을 결정 내린다. 이후 15분 정도면 서로 성향이 맞는지 안 맞는지를 판단하고 더 나아가 다시 만날지 말지까지도 결정한다.

평소라면 눈 깜짝할 새 지나가는 3초와 3분, 15분이다. 그러나 첫 만남에서 이 짧은 시간 동안 얼마나 중대한 결정이 내려지는지 생각하면 새삼 놀랍지 않을 수 없다. 앞으로는 소개팅에서 긴긴 시간 진을 빼며 가슴 졸이지 말자. 대신 처음 15분 안에 나의 매력을 얼마나 효과적으로 보여줄지 집중하자. 그 시간 동안 둘 사이에 흐르는 감정 선을 캐치하면, 소개팅이 성공적인지 아닌지 정도는 금세 파악할 수 있을 것이다.

그 남자, 내가 **마음에 든다**는 신호

♥ **상체를 곧게 펴고 가슴에 힘을 불어넣는 자세를 취한다.**
남자는 여자가 마음에 들면 무의식적으로 역삼각형의 두터운 상체를 만든다. 여자에게 건강함을 과시하기 위함이다. 여자가 잘 보이고 싶은 남자 앞에서 주기적으로 머리를 쓰다듬는 것과 비슷하다.

♥ **자기 자랑에 적극적이다.**
그가 어떤 식으로든 자신의 장점을 늘어놓는다면 당신이 마음에 든다는 신호다. 특히 사회적으로 자신이 얼마나 인정받는 남자인지 자랑하거나 앞으로 어떤 일을 이뤄낼 건지 계획을 말한다면 당신이 꽤 마음에 든다는 신호다.

♥ **손바닥을 자주 보이거나 두 팔을 양옆으로 벌린다.**
약간 눈초리 치켜뜨는 미소, 생기 있고 빌릴한 목소리로 말한다. 코를 만지거나 문지른다. 안경을 썼다면 안경 너머로 곁눈질을 하거나 주시하기도 한다.

그 남자, 내가 **마음에 안 든다**는 신호

♥ **목이나 귀를 자주 만진다.**
손으로 계속 목을 쓰다듬거나 귀를 만지는 행동은 분명한 부정의 신호다. 예의 바른 태도로 내 얘기를 듣고 있더라도 속으론 지루해 한다는 뜻이다. 남자가 너무 마음에 든다면 차라리 장소를 바꾸고 분위기를 전환하는 게 낫다.

♥ **팔짱을 끼거나 다리를 꼰 채 구부정한 자세를 취한다.**
부정적이고 방어적인 자세를 취한단 뜻이다. 내가 하는 행동, 말 등을 좋게 받아들이지 않을 확률이 높다. 또 계속 다리를 꼬고 구부정하게 앉는 등 바르지 않은 자세를 취하는 건 내게 관심이 없어서일 가능성이 높다.

♥ **목소리가 작고 질문이 없다.**
내게 흥미를 느끼지 못한다는 뜻이다. 또 비록 대화가 끊임없이 이어지더라도 내가 그에게 하는 질문이 훨씬 많다면 좋지 않은 신호다. 가슴 아프게도 그가 예의상 대화를 이어가고 있을 확률이 높다.

Point. 2

Y라인과
눈 맞춤의 진실

최고의 상한가를 달리고 있는 신민아. 그녀의 S라인 몸매는 가히 환상적이라 할 만하다. 같은 여자가 봐도 입을 다물지 못하는데 남자들 눈에는 오죽할까. 그런데 이상일 박사는 남자들은 나름의 규칙과 순서로 여자의 몸매를 살펴본다고 한다. 그 1순위가 S라인은 아니라고 하니, 환상적인 S라인을 갖지 못한 대부분의 여자들이여, 희망을 저버리진 말자.

S라인보다 Y라인

남자는 여자를 머리부터 발끝까지 꼼꼼히 스캔하듯 살펴보는 특징이 있다. 비록 당신이 입은 옷, 헤어스타일 등을 세심하게 기억하진 못해도, 머리끝부터 발끝까지 체형의 특징만큼은 귀신처럼 기억한다고 하니 방심하면 안 된다.

그렇다면 전체적인 스캔이 끝난 후엔 어떤 일들이 벌어질까? ① 아무 데나 보고 싶은 데 본다. ② 주로 얼굴을 본다. 정답은 ①도 ②도 아니다. 남자들의 시선이 가장 오래 머무는 곳은 따로 있다. 바로 여자의 얼굴에서 목과 쇄골, 가슴까지 내려오는 일명 Y곡선. 이 부분이 바로 남자의 시선이 가장 오래 머무는 곳이다. 여자의 가슴은 몸매 중 가장 남자와 뚜렷한 차이를 보이는 곳이다. 그만큼 여성성을 대표하는 부위라는 뜻이다. 남자들이 본능적으로 목선에서부터 가슴까지 떨어지는 Y곡선에 시선이 머무를 수밖에 없는 이유다. 그러니 완벽한 S라인을 위해 열 올리기보다 아름다운 Y라인을 돋보이게 하는 게 남자에게 어필하는 더 간단하고 효과적인 방법임을 잊지 말자.

참고로 여자는 남자의 어깨와, 장딴지까지 내려오는 힙 라인을 주로 본다. 남자들이 식스팩 만들겠다며 너도나도 닭 가슴살만 먹고 운동하는 요즘, 그들에게 찬물을 끼얹는 얘기가 아닐 수 없다. 여자들이 남자의 탄탄한 복근을 마다할 리 있겠나 싶지만, 그보단 근육질 팔뚝과 넓은 어깨, 날씬한 힙 라인에 더 큰 매력을 느낀다는 뜻이다.

하긴 여자들이 남자의 어디에 반하든 뭐 그리 중요할까. 남자들이 필 꽂힌다는 여자의 Y라인 얘기나 좀 더 자세히 해보자. 사실 남자가 여자의 풍만한 가슴을 좋아한다는 건 누구나 알고 있는 사실이다. 그러나 실제로 Y라인에 얼마나 열광하는지는 쉽게 상상이 안 된다. 저마다 좋아하는 여성 취향이 달랐던 훈남들도 '여자가 가장 예뻐 보였던 순간'에 대해 묻자 의외로 Y라인을 떠올리는 경우가 많았다.

문승환 남자들이 긴 생머리 좋아한다고 하는데 전 긴 생머리를 깔끔하게 묶었을 때가 더 좋던데요? 예전에 무심코 여자친구를 봤는데 묶은 머리 사이로 여성스러운 목선이 보인 적이 있어요. 그 순간 그녀가 더 여자답게 느껴지더라고요.

김영제 여자들은 왜 그러죠? 머리를 길게 풀어헤쳤다가 덥다면서 묶을 때 있잖아요. 그랬다가 또 괜히 다시 풀어헤치기도 하고요. 왜 그러는지는 모르겠지만, 확실히 왠지 색달라 보이긴 해요. 가려져 있던 하얀 목선이랑 쇄골이 드러나니까 더 섹시해 보이는 것 같기도 하고요.

당신도 여성스러워 보이고 싶은가? 섹시해 보이고도 싶은가? Y라인을 드러내는 몇 가지 팁을 알려주겠다. 제일 먼저 목이 적당히 파인 옷부터 찾아 입어보자. 상대와 이야기를 나누는 자리라면 자세를 과하지 않게 살짝 기울여 볼륨 있는 가슴라인을 만든다. 목은 곧게 펴서 더욱 길어 보이게 할수록 좋다. 가끔씩 자세를 바꿔가며 당신의 쇄골라인을 돋보이게도 해보자. Y라인에 어느 정도 자신이 있다면, 자연스럽게 머리를 넘기면서 목과 가슴선으로 시선을 끌어도 좋다. 이런 방법은 서로의 상체를 오랫동안 주시하게 되는 소개팅이나 식사자리에서 유용하게 쓰일 수 있다.

그런데 만약 마주 앉아서 서로를 진득히 볼 수 없는 상황이라면 어떻게 하면 좋을까? 스탠딩 파티에 가거나 야외에서 첫 약속을 잡았을 경우 말이다. 많은 사람들 틈에서 서로 잠깐씩 스치고 지나가는 상황, 단번에 좋은 첫인상을 남겨야 한다. 이럴 땐 차라리 각선미로 어필하는 게 더 효과적일 수 있다. 가슴 다음으로 여성성을 상징하는 둔부, 이 부분에서부터 다리까지 길게 뻗은 각선미로 시선을 사로잡는 것이다. 팬츠를 입을 땐 다리가 길고 늘씬해 보이도록 코디하고 허리를 곧게 펴서 매력적인 각선미가 눈에 띄도록 하자.

눈 맞춤의 기술

첫눈에 반한 남자가 있다. 앞뒤 가릴 것 없이 솔직하게 "나

당신이 마음에 드는데 우리 사귈까요?"라고 말할 수 있는가? 아무리 세상이 변했다고 해도 대부분의 여자들은 그리 쉽게 속마음을 내지를 수 없다. 그렇다고 관심 없는 척 마냥 도도하게 굴어서도 안 된다. 천하의 절세미녀 아니고서야 영영 솔로로 지내기 딱 좋다. 그렇다면 남자에게 자연스럽게 당신의 호감을 표현할 수 있는 방법은 뭘까? 가장 쉬우면서도 효과적인 방법이 '눈 맞춤'이다. 그가 마음에 들어 보고 있자니 이상하게도 자꾸 눈이 마주쳐 민망했던 경험이 있다면, 당신은 이미 눈 맞춤의 기술을 써먹은 셈이다.

눈 맞춤은 적절한 타이밍과 감정표현이 관건이다. 적절한 거리에서, 적절한 타이밍에, 적절하게 표정을 바꿔야 한다. 자, 찬찬히 머릿속으로 그림을 그려보자. 그와 내가 한 공간에 있다. 서로 너무 가깝지도 않고 멀지도 않은 거리다. 은은한 미소를 머금고 그가 눈치 챌 때까지 빤히 응시해보자. 좀 더 과감할 수 있다면 영화 속 섹시한 여주인공이 된 것처럼 상상을 해도 좋다. 당신의 섹시하면서도 상냥한 분위기가 그에게 전달될 수 있도록 한다. 그러다 시선을 느낀 그와 눈이 마주치면 수줍게 눈을 내리까는 거다.

유혹하듯 섹시한 눈빛을 보내다가 다시 수줍게 시선을 피하는 여자. 남자들은 묘한 자극과 함께 호기심을 느끼게 된다. 단, 어떤 표정을 짓든 미소만큼은 빼먹지 말자. 자칫 잘못하면 기분 나쁘게 노려보는 걸로 오해받을 수도 있기 때문이다. 자, 그와 당신 사이에 눈 맞춤이 세 번 이상 반복됐다. 벌써부터 그와 나 사이에 뭔가 있는 것처럼 느껴지지 않는가?

눈 맞춤을 잘만 활용하면, 상대방이 내게 관심을 갖게 할 수 있는 건 물론이고 섹시함과 여성스러움을 어필할 수도 있다. 남자가 내게 대쉬할 수 있도록 용기까지 북돋아주니 그것 참 기특한 기술이 아닐 수 없다. 이 방법은 사람들이 많은 학교나 회사 또는 카페나 클럽에서 쓰면 좋다. 또래의 남녀가 많이 모이는 공간이니, 특별히 내게 주목하게 만드는 것이 관건이기 때문이다. 너무 멀지 않은 거리에서 그윽한 눈 맞춤을 시도해 보는 것! 운명 같은 만남이 시작되는 순간일 수 있다.

부드럽고도 거침없는 카리스마 문승환

감미로운 목소리와 젠틀한 매너의 와인홀릭 문승환. 국내 최연소 학과장이 되는 길만큼은 와인처럼 부드럽고 달콤하지만은 않았단다. 지금의 그가 있기까지 미친 듯이 배우고 거침없이 도전하며 새 길을 개척해온 험난한 여정이 있었기 때문이다.

20대의 젊은 그는 백화점 명품관 와인팀을 꾸렸고 파티플랜 회사의 오픈멤버였으며 마케팅 이사이기도 했다. 한때는 약품회사 와인사업부의 총괄팀장이기도 했단다. 그의 전적을 찬찬히 살펴보면 자기보다 훨씬 나이 많은 직원들을 이끌면서 미개척 분야에 끊임없이 도전했음을 눈치 챌 수 있다. 그 과정이 쉽지만은 않았으리란 것 정도는 정글과도 같은 사회에서 버텨본 사람이라면 짐작하고도 남을 것이다.

그의 얘기를 듣고 있노라면 새파란 줄기를 쭉쭉 뻗는 튼튼한 나무가 떠오른다. 자신의 가능성을 믿고 도전할 줄 아는 힘찬 에너지에서 건강한 미래가 점쳐질 수밖에 없다. 사랑 방식 역시 지난 삶의 여정과 닮은 구석이 많다. 마음에 드는 여자라면 남자친구가 있어도 빼앗았고 시도 때도 없이 튕기는 여자는 뒤도 보지 않고 떠났단다.

"꿈 없고 의존적인 여자보다는 진취적이고 욕심 많은 여자가 좋아요. 사랑하는 여자의 성공을 위해서라면 능력이 닿는 한 최선을 다해 외조할 수 있어요."

거침없는 남자, 문승환. 수동적이기보다는 능동적이기를 원하고 안주하기보다는 과감히 도전하기를 갈망한다. 이런 그가 진정한 사랑을 만나게 된다면? 한 치의 망설임도 없이 힘차게 전진하리라 믿어 의심치 않는다.

Point. 3

남자가 좋아하는
말, 말, 말

확실히 예쁜 여자가 사랑에 유리한 게 사실이다. 하지만 미모에 자신 없는 여자에게도 방법은 있다. 미모를 뛰어넘을 수 있는 '매력'을 발산하는 것이다. 자신의 개성과 장점을 잘 살려야 하는 문제인 만큼 그 방법엔 개인차가 따를 수 있다. 그럼에도 불구하고 어떤 여자라도 알아두면 좋을 매력 발산의 히든카드는 존재한다. 상상 이상으로 대단한 위력을 지닌 것, 그러나 평소 놓치기 쉬운 것, 바로 '말'이다.

'말'이야 말로 당신의 매력지수를 높이는 가장 간편하고도 강력한 무기다. 많은 여자들이 매일 한 시간씩 공들여 화장은 하면서도 말하는 법에 대해선 별다른 신경을 쓰지 않는다. 하지만 한마디 말로 '특별한 여자'가 될 수도 있고, 말을 예쁘게 할 줄 몰라 '흔한 여자'로 전락할 수도 있음을 깨달아야 한다.

돌이켜보건대 나는 '말'의 덕을 톡톡히 본 여자다. 순전히 '외모'가 아닌 '말'에 반해 고백하는 남자를 꽤나 겪어봤기 때문이다. 지금 이 순간 '설마 다른 이유가 있겠지'라는 의심이 든다면 지금부터 내 얘기에 귀 기울이길 바란다.

몇 해 전 친구들과의 모임에서 한두 번 마주친 남자가 있다. 굳이 관계를 따지자면 서로 이름 정도 아는 사이다. 그의 차를 얻어 탄 어느 날, 친구와 나의 대화를 들은 그가 갑작스레 고백을 했다. 굳이 그렇게까지 하지 않았어도 그가 내게 반했다는 정도는 알 수 있었다. 차를 탈 때만 해도 아무렇지 않았던 눈빛이 내릴 무렵엔 하트로 변해 있었기 때문이다. 그는 내게 이런 말을 해줬다.

"당신이 무슨 말을 했는지는 정확히는 생각 나지 않아요. 그런데 조근조근 예쁘게 말하는 말투에 갑자기 가슴이 뛰었어요. 놓치면 안 될 것 같아 고백하는 거예요."

그러고 보니 얼마 전 이런 일도 있었다. 한창 잘 나가는 스타의 매니저에게 연락을 했을 때다. 수십 번 전화 연결 시도에 한 번을 제대로 용건조차 건네기 쉽지 않을 만큼 바쁜 것 같았다. 그러다가 겨우 제대로 전화통화를 할 수 있었는데 잠자코 내 말을 듣던 그가 갑자기 태도를 바꿔 친근하게 대하기 시작했다. 언제 얼굴을 볼 수 있냐며 몇 날 며칠이고 채근을 해댔다. 도무지 이해가 가지 않아 대놓고 이유를 물었더니 의외의 대답이 돌아왔다.

"작년에 작가님이 다른 용건으로 제게 전화한 적이 있는데 기억 안 나시죠? 그때 말을 참 느낌 좋게 하셔서 인상 깊었거든요. 정말 오랜만에 다시 통화하게 된 건데, 말씀이 귀로 들리지 않더군요. 가슴으로 들어왔다고 할까요. 어떤 분일까, 애인은 있을까 궁금해서 뵙자고 한 거예요."

어떤가? 말의 위력이 슬슬 실감나는가? 직접 경험해본 여자만이 그 참맛을 알 수 있을 것이다. 그렇다고 약 올리는 건 아니다. 나의 얘기에 귀 기울이고 있는 당신도 곧 맛보게 될 것이기 때문이다.

남자의 마음을 사로잡는 대화의 기술

지금부터 나는 당신이 어떤 식으로 말하면 좋을지 구체적인 방법을 알려주도록 하겠다. 몇 가지 원칙만 잘 지킨다면 매력적으로 말할 줄 아는 '특별한 여자'로 거듭날 수 있다.

하나, 저렴한 단어는 혼잣말로도 쓰지 말자!

살벌한 욕이 아니더라도 평소에 자주 접하는 저렴한 단어들이 있다. 굳이 나열하지 않아도 다들 잘 알 것이다. 이런 단어는 남자 앞에서 절대 쓰면 안 된다. 당신이 쿨하게 저렴한 단어를 쓴다고 해서 솔직하고 발랄하게 보일 거라 착각하면 안 된다. 솔직함은 말의 내용에서 묻어나고 발랄함은 태도에서 나오는 거다.

남자가 별로 개의치 않는 것 같아 보일 때도 방심하면 안 된다. 무심한 척 하면서도 온갖 덕목 다 붙여가며 여자를 따지는 게 남자다. 혹시라도 남자 앞에서만 말조심하면 된다고 생각하지도 말자. 아예 평소에 입에 담지도 말고 생각하지도 않는 게 좋다. 말은 습관이다. 늘 하던 것을 의식적으로 안 하려고 하면 결국 티가 나기 마련이다. 그보다는 평소에 고운 말을 쓰는 습관을 길러 자연스럽게 묻어나게 해야 좋다.

둘, 남자와 여자가 좋아하는 칭찬이 다르다는 걸 알자!

이명길 강사는 여자는 외모를 칭찬하면 좋아한다고 한다. 이왕이면 특정한 부분을 성의 있게 칭찬할 때 더욱 기뻐한다. "유난히 피부가 희다" "그 예쁜 옷 어디서 샀어?" 같은 칭찬을 예로 들 수 있다. 하지만 남자는 다르단다. 남자는 잘생겼다는 말보다 대단하다는 말을 더 좋아한다. 여자에게 사회적으로 인정받는 말을 들었을 때 가장 뿌듯해한다고 생각하면 쉽다. "회사에서 쉽게 내버려두질 않나 봐요" "친구가 정말 많나 봐요" 같은 말을 예로 들수 있다. 그러니 평소 상대의 장점이나 특별한 능력을 파악해뒀다가 적절한 때에 칭찬해보자. 자존심 강한 남자일수록 그 효과는 클 것이다.

셋, 평소보다 2초 늦게 답하고 10퍼센트 느리게 말하자!

친구들과 수다 떨 듯 급하게 쏟아내면 안 된다. 느리다는 느낌은 안 주면서도 결코 빠르지 않게 말하자. 그의 질문에 1~2초 정도 시간차를 두고 대답하면 된다. 가벼운 말이라도 귀 기울인다는 인상을 주며 신중한 여자라는 느낌까지 줄 수 있다. 단, 남자가 자랑을 하거나 유머를 시도할 땐 재빨리 반응하는 게 좋다. 또 깍쟁이 같은 인상을 줄 수 있는 사무적인 말투는 피해야 한다. 당신은 지금 그와 연애하려는 거다. 다정하고 상냥한 톤일 때 상대의 감성에 한발 더 가까이 다가갈 수 있음을 명심하자.

넷, 상대의 입장에서 배려가 묻어나는 표현을 하자!

남자는 여자의 감성에 쉽게 녹는다. 엄마 같이 기댈 수 있거나 섬세해서 보호해주고 싶은 여자를 좋아하는 이유도 이 때문이다. 남자에게는 없는 여자 특유의 감성은 남자의 마음을 움직이는 힘이다. 배려 있는 말이 남자를 얼마나 세게 흔들 수 있는지는 두말하면 잔소리일 정도다. 늘 밥값을 계산하던 남자 대신 당신이 밥을 샀다고 치자. 남자가 잘 먹었다고 말할 때, 이런 식으로 대답하면 어떨까?

"덕분에 나도 고마워. 만날 네가 사주는 거 맛있게 먹고 오늘은 또 네 핑계 대고 맛있는 거 먹은 셈이잖아."

이번엔 남자가 감기 때문에 고생하는 상황이다. 농담처럼 "감기 걸렸어? 저쪽으로 가"는 별 도움이 되지 않는다. 또 "요즘 감기 때문에 다들 고생이더라" 식의 상투적인 말도 상대에게 아무런 감흥을 줄 수 없다. 차라리 "몸도 아픈데 바빠서 어쩌니? 내가 뭐 도울 일 없니?" 하며 그의 편이 되어주는 게 훨씬 낫다. 특히 상대의 심신이 지치고 힘들 때를 공략하면 그 효과는 배가 될 수 있다. 별 것 아닌 말 한마디지만, 당신을 특별한 아군으로 여기는 계기가 될 수도 있다.

훈남들은 입을 모아 여자의 말만 들어봐도 센스를 가늠할 수 있다고 말한다. 이기주와 김태원의 경우 좋아하는 여성으로 '배려 있게 말할 줄 아는 여자'를 꼽았을 정도다.

이기주　　많은 여자들이 남자의 자상함이나 리더십을 보듯이 남자들도 이성 타입이 있기 마련이죠. 제 주변의 상당수 남자들은 '품위'에 집착하는 것 같아요. 누굴 소개시켜 준다고 하면 그 여자 품위 있냐는 조금 어색한 질문을 하기도 하더군요. 남자의 입장에서 품위란 격(格)인 것 같아요. 격이란 게 좋은 대학이나 직업, 외모를 얘기하는 게 아니에요. 다른 사람을 배려할 수 있는 여자인거죠. 같은 농담을 해도 상대의 감정을 상하게 하지 않고 경박하게 말하지 않을 때 격이 있는 여자로 보이더군요. 저는 그런 여자에게 울림을 느낀답니다.

김태원　　　제 이상형이 센스 있는 여자라고 한 적 있죠. 좀 더 범위를 좁혀 말하면 센스 있게 말하는 여자가 이상형이라고 할 수 있습니다. 때와 장소에 맞게 말할 수 있고 사려 깊게 말할 수 있는 여자 분이 좋더라고요. 남자와 여자를 떠나 그 사람이 어떻게 말하는지 들어보면 성품과 취향 그리고 배려심이 묻어나기 마련이니까요. 예쁘게 말한다는 건 결국 예쁘게 생각할 줄도 안다는 뜻 같아요.

Point. 4

유형별
남자 공략법

넓은 세상, 별의별 남자가 다 있다. 흔히 말하는 '터프한 남자'도, 수백 수천 가지의 다른 개성으로 존재한다. 자기 고집만 부리는 터프한 남자, 무조건 화부터 내는 터프한 남자, 여자 알기를 우습게 아는 터프한 남자, 남들에겐 거칠지만 사랑하는 여자에겐 꼼짝 못하는 터프한 남자도 있다.

이처럼 사람마다 고유의 성향이 다르듯 성향에 따라 각기 선호하는 여성 타입도 다를 수밖에 없다. 그렇기 때문에 상대의 기본적인 성향이라도 파악하려는 태도를 갖는 게 무척 중요하다. 나만의 방식으로 무작정 들이대는 것보다 상대의 성향에 맞춰 접근할 수 있다면 그만큼 대쉬 성공률은 높아질 것이다.

이상일 박사가 남자의 성향을 파악하는 한 가지 중요한 원칙을 알려줬다. 남자와 여자는 서로가 '보완'할 수 있는 상대를 선호하는 심리를 지녔다는 것이다. 강렬한 남성 형의 남자는 보완을 위해 여성 형을 선호한다. 반대로 여성 형의 남자는 자신을 보완해줄 남성적인 여성 형을 선호한다. 물론 남자가 여자의 여성성에 매력을 느끼는 건 변함없는 진리다. 하지만 취향을 더 깊이 들여다보면 자신을 보완할 수 있는 이성에게 끌린다는 뜻이다.

'보완'의 코드만 잘 기억하고 있어도 상대가 어떤 여성을 선호하는지 쉽게 짐작해볼 수 있다. 내가 만난 훈남들 역시 마찬가지였다. 본인들은 미처 못 느꼈지만 보완의 코드란 게 꽤 잘 들어맞았다.

이제석 　제가 워낙 무뚝뚝하고 털털하잖아요. 뭐든 화끈하게 일 처리 하는 거 좋아하고 복잡한 거 싫어한단 말입니다. 그래서인지 제 곁에 있어줄 여자는 저와 반대가 좋더라고요. 그림이나 음악도 좋아하고 아기자기하게 꾸미길 좋아하는 여자. 또 요리를 잘하거나 말을 얌전하게 하는 여자라고나 할까요. 제가 매력을 느낀 여자를 떠올려보면 감수성이 예민하고 따뜻하게 챙겨주는 타입이란 말이죠. 사실 제가 워낙 거칠고 무신경하다 보니 여자 분께 상처를 줄 때도 있었어요. 그래서 너무 미안할 때가 많았죠. 하지만 때로는 상대가 저의 이런 나쁜 남자 기질에 매력을 느끼는 것 같단 생각도 들었어요. 서로 너무나 달라서 충돌이 생기는데도 오히려 서로 끌리는 기분, 참 묘한 기분이에요.

권용현　　제가 워낙 차분하다보니 소녀 타입의 여자를 좋아할 거라고들 생각하죠. 하지만 사실 전 자기 일을 잘하는 진취적인 여자가 좋아요. 당당한 모습이 매력적으로 느껴지니까요. 꼭 긴 생머리에 치마를 입지 않아도 괜찮아요. 몸에 타투를 해도 되고 보이시한 톰보이 룩을 입어도 상관없구요. 너무 과하지 않다면 스모키나 가루 화장도 괜찮아요. 단, 한 가지 정말 싫어하는 타입이 있어요. 나풀거리는 리본이나 레이스 옷을 과하게 차려입은 여자분 있잖아요. 핀도 큰 거 꽂고 리본 블라우스에 치마도 튤립 모양, 그런 여자 분은 구두도 소녀풍이거든요. 귀여운 소녀처럼 보이려고 과하게 꾸민 모습은 질색이에요.

보완의 코드를 이해했다면 응용을 해볼 차례다. 남자의 유형에 따라 어떤 타입의 여성을 선호하는지 찬찬히 살펴보자.

♂ 사고思考형 남자

이성에 따라서 행동과 감정을 잘 조절하는 경향이 있고 객관적 검증과 통계를 중시하는 유형이다. 대표적인 직업으로는 교사, 연구원, 의사, 변호사, 회계사 등이 있다. 이런 유형은 김혜수, 이효리처럼 섹시하고 당당한 스타일의 여성을 선호한다.

♂ 감정感情형 남자

생활과 판단에 있어 감정적인 요인에 영향을 많이 받는 기분파다. 대표적인 직업으로는 방송인, 배우, 가수 등이 있다. 이런 유형은 수애, 손예진, 이지아 같은 청순한 스타일의 여성을 선호한다.

☝ 감각感覺형 남자

직관과 예측에 의해 판단이 좌우되는 감각파이자 현실적이고 세부적인 상황을 보는 경향이 있는 다소 복잡한 유형이다. 상대방과 의사소통 시, 알기 쉬운 방식으로 실제적인 의견을 제시하길 바란다. 대표적인 직업으로는 행정가, 엔지니어, 미술가, 감각파 생활인 등이 있다. 이런 유형은 김아중, 유이 같은 발랄한 타입의 여성을 선호한다.

☝ 직관直觀형 남자

직관의 원리에 의지하고 판단하는 유형이다. 겉모습을 보고 판단하기보단 상대의 내적인 동기를 더 신뢰한다. 외향적이고 호기심이 많은 편이다. 대표적인 직업으로는 사업가, 증권 거래인, 정치인, 상업 분야 종사자, 시인 등이 있다. 이런 유형은 박민영, 문근영, 윤아 같은 깜찍한 스타일의 여성을 선호한다.

남자의 유형과 선호하는 타입을 파악했는가? 그렇다면 상대를 향해 접근 공략을 세워야 한다. 우선 당신이 그의 이상형에 가까운지 냉철하게 진단하자. 상당 부분 맞다는 판단이 서면 스스로의 강점을 마음껏 발휘하면 된다. 문제는 상대의 이상형과 내가 잘 맞지 않을 때다. 이럴 땐 우선 이쯤에서 멈출지 말지부터 선택해야 한다. 그럼에도 불구하고 대쉬하기로 마음먹었다면 성공률을 높일 수 있도록 대책을 세워보자.

☝ 섹시한 여성을 좋아하는 남자

앨빈 코스텔이라는 학자의 매력연구에 의하면 섹시한 타입을 좋아하는 남자는 유아적인 모성애에 대한 욕구가 크다고 한다. 이런 남자에겐 친절히 돌봐주며 모성애를 자극하는 방법을 써야 한다.

☝ 지적인 여성을 좋아하는 남자

아나운서처럼 지적인 스타일의 여성을 좋아하는 남자는 본인도 지적으로 보이고 싶은 욕구가 강하다고 보면 된다. 이런 남자와 대화할 땐 경청과 맞장구를 잊으면 안 된다. 남자의 능력을 진심을 다해 칭찬해줄 수 있다면 호감을 얻는 게 그리 어렵지만은 않을 것이다.

☝ 발랄한 여성을 좋아하는 남자

당신의 활기찬 이미지를 전하는 게 좋다. 함께 춤을 추거나 노래를 부르는 등 경계심을 없애고 감정흥분의 효과를 주는 기회를 마련하는 게 좋다. 조금은 적극적으로 접근하는 것도 좋은 방법이다.

⇧ 청순한 여성을 좋아하는 남자

많은 남자들이 내향적이고 청순한 여자를 좋아하는 이유로는 왠지 모를 신비로움이 큰 영향을 미친다. 이런 성향의 남자에겐 어느 정도 나의 본모습을 감추면서 접근하는 게 낫다. 적당히 거리는 두면서도 신비감을 줄 수 있도록 전화나 문자를 활용해 보자. 예를 들어 모닝콜을 해주는 것도 좋은 방법이다. 잠에서 막 깨어났을 때, 각종 호르몬 수치는 최고를 기록한다. 그만큼 상대방을 가장 잘 인식하는 시간이기도 하다. 상대를 다정하게 챙겨줌으로써 나의 여성성을 강조하고 존재감을 인식시키는 거다.

무엇이든 개인의 취향에 맞추는 맞춤형이 대세다. 음식도 개인의 기호에 맞게 골라 먹는 게 유행이고 자전거나 구두, 가방 따위도 나만의 취향을 담은 수제제품이 인기다. 지금 이 순간에도 누군가의 마음을 사로잡기 위해 두 눈 치켜뜨고 몰두하는 사람들이 많을 것이다. 이러한 시대를 살아가는 싱글녀라면 남자에게 다가갈 때도 예외가 아님을 알았으면 한다.

주변 男 공략 편

그 남자의 시선을 훔쳐봐

Point. 1

남자를 움직이게
하는 여자

당신 주변에 마음에 드는 남자가 나타났다. 같은 직장이나 학교 또는 교회나 친구들 모임에서 자연스럽게 알게 된 사이다. 당신은 그에게 어떻게 접근할 텐가? 설마 말없이 가슴앓이만 하는 일은 없길 바란다. 주변 사람의 눈에 잘 띄지 않으면서도 갖고 싶은 그를 내 남자로 만들 수 있는 방법을 알려줄 것이기 때문이다. 남자의 마음을 움직이는 여성성은 외모로만 표현할 수 있는 게 아니다. 평소의 행동이나 눈빛 같은 제스처로도 표현할 수 있다. 잘 이용할 수만 있다면 내 남자 만들기의 특효가 될 수 있으니 주목하길 바란다. 은밀하게 그러면서도 과감하게! 나와 함께 마법의 주문을 외워보자.

첫째, 내숭 부리는 여자가 되라

여자의 내숭은 여자가 더 잘 안다고 했던가! 뻔히 보이는 다른 여자의 내숭에 온몸을 부르르 떤 경험이야 누구나 한번쯤 있을 법하다. 그럼에도 불구하고 남자에게는 특효인 걸 어쩌겠나. 목석 같은 남자의 메마른 감성도 눈 녹듯 녹여버리는 게 여자의 내숭이다. 티가 좀 나더라도 내숭은 아예 없는 것보다는 적당히 부릴 줄 아는 게 낫다.

체질적으로 내숭이 안 맞더라도 어렵게 여길 필요는 없다. 적당히 연약한 척, 섬세한 척 그리고 깔끔한 척만 잊지 않으면 된다. 이러한 '척'의 목표는 남자의 보호본능을 자극하기 위함이다. 사실 내숭은 남자에게 피곤한 상황을 만들 뿐이다. 그런데도 내숭을 마다하는 남자는 결코 없다. 자신의 남성다움을 확인할 수 있는 좋은 기회가 되기 때문이다. 단, 주의할 점이 있다. 무작정 내숭만 떨다가는 가식적으로 보일 염려가 있다. 진정성이 없게 느껴져 문제가 될 수도 있다는 뜻이다. 요즘 남자들 중엔 은근히 눈치 빠른 여우가 많다. 이런 점이 우려될 때는 적당한 타이밍에 한 번씩 임팩트를 주는 방식을 써보자. 예를 들어 당신이 털털한 성격의 소유자라면, 그 강점을 살려 편안한 성격으로 어필하는 거다. 그러다 한 번쯤 깔끔하게 청소를 하거나 여성스러운 취미를 즐기는 걸 보여주는 식으로 임팩트를 주면 된다.

둘째, 몸짓으로 여성스러움을 발산하라

남녀 사이의 바디 랭귀지에 대해 흔히들 착각하는 게 있다. 마음에 드는 상대에게 자연스러운 터치를 시도하는 것이 전부라고 여기는 것이다. 그러나 바디 랭귀지는 '내가 그에게' 하는 것만이 전부는 아니다. '내가 내게'도 할 수 있다. 무리해서 상대에게 터치를 시도하는 것보다 은근하고 자연스럽게 자신을 연출하는 게 나을 수도 있다. 왠지 모를 섹시한 분위기를 풍길 수 있다.

사무실에서 상대와 서류를 읽고 있다고 치자. 그의 시선이 내게 닿을 때 입술을 살짝 만지작거리는 거다. 또는 살짝 깨물며 촉촉이 적실 수도 있다. 만약 그와 함께 카페에 앉아 있다면 어떻게 할까? 밝게 웃으며 가볍게 쇄골을 터치하거나 양팔을 끌어안듯 부드럽게 쓰다듬는 방법을 쓸 수 있다. 촉촉한 눈빛까지 보낼 수 있다면 금상첨화일 것이다.

상대와 어떤 대화를 나누고 있는 상황이든 상관하지 말고 그와 내가 뜨겁게 사랑하는 상상을 하며 눈빛을 보내보자. 분명 당신만의 묘한 분위기를 연출할 수 있을 것이다. 생각해보라. 여성스러운 몸짓을 표현하는 당신과 친구들과 곱창이나 먹으며 수다떨 때의 당신은 분명 달라 보일 수밖에 없다.

만약 머릿속으로 잘 그려지지 않는다면? 너무 어렵게 받아들일 것 없다. 여배우들의 몸짓을 참고하면 된다. 지금부터 그녀들의 인터뷰를 떠올려보라. 부드럽게 머리를 쓸어내리고 그윽한 눈빛으로 카메라를 응시한다. 수줍게 미소를 띠고 자신의 양팔을 쓰다듬기도 한다. 마치 시청자가 유혹하고 싶은 남자라도 되는 듯 행동한다. 유심히 지켜보면 그 유명 여배우들이야 말로 얼마나 열심히 여성성을 어필하려 드는지 보일 것이다.

셋째, 비빌 언덕에 비비는 남자! 가능성을 던져주라

어찌 보면 갖고 싶은 남자를 내 것으로 만드는 핵심이 여기에 있다고 해도 과언이 아니다. 이명길 강사 역시 남자에게 은근히 여지를 주는 것이 얼마나 중요한지 누누이 강조하곤 한단다.

그는 데브라 월시와 제이 휴이트의 연구에 주목했다. 칵테일바에 매력적인 여자를 대기시키고 그녀가 어떤 행동을 했을 때 남자들이 대쉬하는지 관찰하는 실험이다. 실험 결과, 실험녀가 특정 남성과 시선이 마주쳤을 때 미소를 보내면 60퍼센트의 남자가 그녀에게 다가왔다. 시선만 마주치고 미소는 보이지 않으니 20퍼센트의 남자만이 다가왔고 쳐다보지도 않았을 때는 아무도 다가오지 않았다. 남자에게도 비빌 언덕이란 게 필요함을 알 수 있는 대목이다.

연애 카운슬러 김태훈이 이런 말을 했다.

김태훈　요즘 젊은이들은 미지의 땅으로 모험을 떠나는 신드바드 같은 사랑을 하지 않아요. 대신 영국 왕실의 후원을 받고 대륙을 탐험하는 콜럼버스 같은 사랑을 추구합니다. 그만큼 도전하기보다는 안전한 사랑을 택하죠.

문자 몇 번 콕콕 찍어보고 떠나는 게 요즘 남자다. 과거와 요즘 남자의 가장 큰 차이이기도 하다. 이들은 더 이상 여자를 두고 '백 번 찍어 넘어가는 나무'라고 생각하지 않는다. 그러니 여자의 태도가 더욱 중요해지리라는 생각이 든다. 남자에게 '비빌 언덕'을 만들어주는 센스가 필요하다!

Point. 2

대쉬는 금물!
접근은 OK?

대부분의 남자는 이민정, 송혜교, 수애 같이 여성스러운 여자를 선호한다. 사실 이 부분에 있어서만큼은 제아무리 여성상위 시대라 해도 어찌할 도리가 없는 것 같다. 물론 간혹 여자가 적극적으로 대쉬하는 게 좋다는 남자들도 있다. 그러나 이는 어디까지나 편리함 때문이다. 스스로 시작하기에는 엄두가 나지 않기 때문에 상대가 흔쾌히 제안하는 순간 긍정적인 느낌을 받는다고나 할까? 싱글녀들이 주의할 점은 편리함을 느끼는 것과 매력을 느끼는 것과는 다른 문제라는 것이다. 마음에 드는 여자가 대쉬해야 편리하다고 느끼는 것이다. 물론 단지 편리성 때문에 매력을 느끼는 건 아니다. 좀 더 단순하게 정리해볼까? 앞뒤 따지지 않고 정면 돌파하는 여자를 매력적으로 여기는 남자는 찾아보기 힘들다. 내가 만난 훈남들 중에도 여자가 먼저 대쉬해서 넘어간 경우가 없어 무척 흥미로웠다. 여자의 적극적인 행동이 좋다는 훈남이 있기는 했으나 어디까지나 자신이 먼저 대쉬했을 때 화답해오는 경우였다.

신동현　요새는 대놓고 대쉬하는 여자 분이 많은 것 같아요. 어떤 식이냐고요? 말 그대로 대놓고 대쉬해요. 맘에 드니 사귀자고 하는 분도 있고요. "죄송한데 연락처 좀 주세요"라는 분도 있어요. 아, 그러고 보니 온라인을 이용해서도 대쉬해요. 제 미니홈피나 블로그에 글을 남기는 거죠. 만나보자는 식으로요. 그런데 제가 관심이 없는 상태에서 상대가 아무리 좋다고 해봤자 전혀 마음이 흔들리지 않아요. 절대 한 번도 없었어요. 제가 좋아야 좋은 거죠. 오히려 더 거부반응이 생기는 거 같아요. 개방적인 세상이라고들 하지만 남자의 입장에서 조언하건대 노골적으로 대쉬하지 않는 게 나을 것 같아요.

이명길 강사도 '대놓고 대쉬하는 것'만큼은 피해주길 당부한다. "저 오빠 좋아하는데 오빠는 저 어때요?"라는 식의 대쉬는 금물이다. 편지나 메일을 통해 "당신의 편안한 미소가 보기 좋았고 흰색 스웨터가 잘 어울렸고…"라며 구구절절 솔직한 감정을 늘어놓는 것도 두 팔 벌려 말리고 싶단다.

애초에 대쉬의 목적은 그를 내 것으로 만드는 데에 있다. 그로 하여금 나를 좋아하게 만들면 될 뿐이거늘, 굳이 속마음을 미주알고주알 전할 필요는 없다. 또 이렇게 행동한다고 해서 갑자기 없던 그의 마음이 불끈 샘솟는 건 아니지 않겠나! 차라리 단도직입적인 대쉬보다는 '접근'을 하라고 충고한다. 얼핏 들으면 비슷한 개념 같지만 대쉬와 접근에는 너무나 큰 차이가 있다.

대쉬는 내 감정을 고백하고 그의 반응을 지켜보는 것이다. '모 아니면 도'라고 할 수 있다. 타이밍이 잘 맞아 그가 흔쾌히 승낙할 수도 있지만 간발의 차이로 부담스러운 여자로 전락하게 만들 수도 있다. 하지만 접근은 다르다. 서로 가까워질 수 있는 기회를 만들거나 그가 내게 도전할 수 있도록 용기를 북돋는 행동이다. 상대를 기분 좋게 만드는 일종의 유혹인 것이다.

접근과 대쉬의 경계선

당신이 누군가에게 접근하고 싶다면 반드시 짚고 넘어가야 할 점이 있다. 접근에 관한 남녀 간의 미묘한 시각차다. 이명길 강사와 대화를 나누는 과정에서 남자가 생각하는 접근의 개념이 여자와는 다르단 것을 알 수 있었다. 만약 어떤 여자가 "영화 보여 주세요" 또는 "술 사주세요"라고 말했다. 당신은 이 상황을 대쉬로 보는가? 접근으로 보는가? 나는 대쉬라고 봤다. 하지만 이명길 강사의 입장은 달랐다.

이명길　그 여자가 남자에게 함께 잠을 자자고 했나요, 사랑한다고 고백을 했나요. 여자가 영화보자고 말했을 때, '이 여자가 날 좋아하네'라고 받아들였다면 그건 남자의 오해인 거예요. 그 여자는 영화만 보여 달랐잖아요. 남자 입장에선 대쉬가 아닌 접근이라고 봐요.

최은하　물론 그렇게 직접적으로 말한 건 아니죠. 하지만 뻔히 속이 보이잖아요. 그가 내게 영화를 보자고 하게끔 유도하는 것, 예를 들어 "요즘 어떤 영화가 재밌다더라"라고 얘기하는 정도가 접근 아닌가요? 대놓고 데이트 신청하는 건 여자 입장에서 봤을 때 대쉬가 아닌가 싶은데요? 너무 적극적인 태도 같아서요.

이명길　여자가 보기엔 그럴 수도 있어요. 여자는 이 정도만 접근해도 단번에 눈치 채니까요. 하지만 남자는 여자보다 훨씬 단순해요. 여자는 신호라고 보내는 걸 남자는 전혀 눈치 채지 못할 수도 있단 말이죠. 그렇기 때문에 남자에겐 좀 더 속마음을 명확하게 표현해도 돼요. 다만 빠져나갈 구멍만 살짝 만들라는 거예요. 싫은 사람하고 영화 볼 사람은 없을 테니까, 분명 남자 입장에선 '혹시 나에게 관심이 있나' 생각은 하겠죠. 그렇다고 이 여자가 당장 나와 사귀고 싶어 한다고 단정할 수도 없는 거예요. 그러니 당장 그 여자에게 어떤 대답을 해줘야 할 부담도 없고요. 여자들은 이런 식으로 접근을 할 수 있어요. 요즘 남자들 그 정도는 해줘야 용기를 내는 것도 사실이에요.

최은하 여자 입장에선 접근이란 참 어렵겠네요. 노골적으로 감정을 드러내진 않되 남자가 헷갈리지 않도록 표현해야 하니까요. 막상 이런 상황이 본인에게 닥친다면 표현 수위를 놓고 적지 않게 고민할 수도 있겠어요.

결론적으로 이명길 강사 식의 '접근'은 두 가지 측면으로 해석할 필요가 있다. 우선 노골적인 고백을 남발하는 여자에게는 제발 자제 좀 하라는 것이다. '이 남자가 내 마음을 모른다'며 상대 탓을 하겠지만 사실 그건 그의 잘못이 아니다. 여자의 마음을 모르는 게 아니라 받아주질 못하는 것뿐이다. 이럴 땐 무작정 내 감정을 책임지란 식으로 부담을 주기보다는 차라리 기회를 만들어 매력으로 어필해보라는 권유일 수 있다. 반대로 너무 소극적으로 감정을 표현하는 여자에겐 좀 더 적극적으로 나서라는 충고가 될 수 있다. 당신이 체면치레에만 급급하다 보면 아까운 기회를 놓칠 수도 있기 때문이다. 이명길 강사와의 대화를 곱씹어 보건대 보통의 평범한 여자들이라면 좀 더 적극적이어도 괜찮겠다는 결론이다.

아직도 많은 여자들이 상대의 눈에 자주 띄거나 수다를 건네는 정도로 임무를 완수했다고 믿기 때문이다. 지금부터라도 적극적이긴 하지만 부담스럽지는 않은 멘트를 던져보자. "오빠~ 밥 한 번 사주세요" "다음번에 꼭 보는 거야, 약속! 도장 찍고~ 복사!" 같은 제안들을 해보는 거다. 여기에 살짝 옷깃의 먼지를 떼어 주거나 가볍게 어깨를 치는 정도의 터치를 하면 금상첨화다.

비로소 우회적으로 내 감정을 표현하는 '적극적인 접근'이 완성될 수 있다. 눈에 띄는 미녀가 아님에도 주변 오빠들에게 인기 있는 여자들이 종종 있다. 아마 왜 인기가 있는지 모르겠다며 친구들끼리 모여 혀를 끌끌 차곤 했을 것이다. 하지만 이제 깨달았는가. 그녀들은 하나같이 대쉬가 아닌 접근을 잘하는 여자들이었다.

한 케이블 방송사의 커플매칭 프로그램 〈러브스위치〉에 큰 이변이 일어난 적이 있다. 첫인상을 평가하는 1차 관문에서 깐깐한 싱글녀 30명 전원으로부터 선택받은 첫 남자가 나타난 것이다. 그 주인공이 바로 신동현이다.

그의 매력을 찾는 데 그리 오랜 시간은 걸리지 않는다. 준수한 외모는 말할 것도 없거니와 다정한 눈빛과 미소가 무척 아름답기 때문이다. 마치 살랑살랑 코끝을 간질이는 봄바람과 같은 느낌이라고 할까. 웃음소리 역시 티 없이 밝고 경쾌하다. 그를 본 어떤 여자도 기분 좋지 않고는 못 버틸 거라 장담한다.

순식간에 상대를 기분 좋게 만드는 남자. 그만큼 낙천적이고 밝은 성격을 지녔다. 이런 유쾌한 남자는 사랑도 달콤하게만 하는 걸까? 그에게 물어봤다. 그런데 예상치 못한 반응이다. 내 질문을 들은 그의 눈빛이 금세 풀이 죽는다. 처음에는 진심을 다해 뜨겁게 사랑을 시작한단다. 하지만 오래되지 않아 마음이 식을 때가 있다고 한다. 그래서 상대에게 한없이 미안해진단다. 여자친구보다 친구들과 놀고 싶은 자신의 마음이 너무나 미안하단다.

20대의 젊은 남자가 한창 사랑연습 중인가 보다. 그것도 모르고 착한 이 남자는 스스로를 자책하고 있는 것 같다.

"아직은 그래도 되는데 그러면서 사랑을 배우는 건데"라고 말해주고 싶다. 수시로 이상형이 바뀌고 연애 패턴도 바뀌는, 그러면서 사랑의 쓴맛 단맛을 다 봐야 할 찬란한 20대인 것이다. 하지만 굳이 나설 필요 없겠다. 천성적으로 밝은 성품이라 그럴까. 그가 꿈꾸는 미래의 사랑 역시 무척이나 밝고 긍정적이다.

"아직은 사랑을 오래오래 예쁘게 키워나가는 데 서툰 것 같아요. 그래서 이제는 다정하게 연애의 방법을 가르쳐줄 현명한 여성분이 이상형이에요. 그녀에게 배우면서 진실한 사랑을 만들어갈 거예요."

상상만으로도 흐뭇한지 그의 얼굴엔 어느새 싱그러운 생기와 달콤한 미소가 번진다. 앞으로 펼쳐질 기분 좋은 사랑을 예감케 한다.

Point. 3

상대가 원하는 것을
채워주라

TV만 틀면 나오는 유재석과 강호동. 개그맨이 아니더라도 조권이나 김현중처럼 재밌는 연예인이 큰 인기를 끌고 있다. 바야흐로 유머 있는 남자가 사랑받는 세상이다. 요즘 여자들의 이상형 우선순위도 변하고 있다. 재력, 외모와 함께 유머감각은 배후자감이 지녀야 할 덕목 중 가장 큰 비중을 차지하게 됐다. 맘 편히 기대어 쉴 곳 없는 각박한 세상에서 웃음 짓게 해줄 남자를 선호하는 건 당연할지도 모른다. 그렇다면 과연 남자 또한 유머 있는 여자를 선호할까?

이명길 강사는 여자의 유머감각은 남자의 호감을 얻는 데에 별 다른 역할을 하지 못한다고 한다. 그는 캐나다 맥매스터 대학에서 실시한 한 흥미로운 연구를 주목했다. 다수의 여자들에게 매력적인 남자를 고르도록 하는 실험이었다. 여자들은 재밌는 방식으로 자신을 소개한 남자에게 훨씬 큰 관심을 보였다. 하지만 남자들이 매력적인 여자를 선택하는 실험에서는 유머 있는 여자는 별 관심을 받지 못했다. 이 실험 결과대로라면 첫 만남의 자리에서 남자를 웃기기 위해 노력할 필요는 없겠다. 오히려 분위기를 띄우겠다며 무리하게 유머를 시도하다가 속된 말로 깨는 여자취급을 받을 가능성만 높다.

연애카운슬러 김태훈이 강조하는 연애의 핵심! 그는 목마른 이에겐 비싼 음식보다 차라리 시원한 물 한 잔을 주는 게 낫다고 말한다. 당장 목이 말라 죽겠는 남자에겐 아무리 맛있는 음식을 대접해도 소용없고 달콤한 말을 해도 통할 리 없다는 논리다. 바람피우는 남자들만 잘 관찰해도 알 수 있단다. 조강지처가 아흔 여덟 가지를 채워주는데도 결국 나머지 두 개를 채워주는 누군가에게 넘어간다는 것이다. 즉, 그가 생각하는 연애 기술의 핵심은 바로 '상대가 원하는 것을 채워주는 것'이다.

당신은 이제 분위기를 띄우겠다는 이유로 무리해서 유머를 시도할 필요가 없다는 걸 알게 됐다. 그럴 시간에 차라리 상대의 취향과 상황을 고려해 어떤 식으로 어필해야 할지 판단을 내리는 게 낫다. 이는 남자를 유혹할 때는 물론이고 연애하는 과정에서도 반드시 필요한 중요한 자세다. 유머보단 탁월한 센스가 성공적인 대쉬의 왕도가 되어줄 것이다.

부담스러운 3단 도시락은 사절

과감히 던진 운명의 쇠사슬로 맘에 쏙 드는 그 남자를 꼼짝 못하게 만들고 싶은가? 지금까지 몸짓과 눈빛의 기본기를 다졌다면 한 단계 더 적극적으로 나서보자. 접근의 실전 응용법쯤으로 받아들이면 된다. 대게 여자가 주로 쓰는 접근법은 무척 뻔하고 단순하다. 그의 주변을 뱅뱅 맴돌면서 "어머, 또 마주치네?"라고 하거나 "오늘 자주 보네요?"라고 말을 건네는 정도라고 할까. 쉽게 표현해 '주변 맴돌기'라고 할 수 있다. 자주 눈에 띄고 그렇게 얼굴을 익히고 친숙한 대화를 주고받는 것. 그러면서 언젠가는 그가 나에게 반해 고백하기를 기다리는 것이다. 단순히 생각하면 서로 서먹한 사이보다야 이렇게 해서라도 잘 지내는 게 좀 더 유리할 것만 같다. 하지만 이런 친숙함도 강력한 한 방이 없다면 무용지물이나 다름없단 걸 명심해야 한다. 오히려 괜히 주변만 맴돌다 존재감도 없이 동성 친구와 같은 관계로 전락할지도 모르는 위험이 있다.

너무 어렵고 복잡한가? "나 너 사랑해"와 같은 대쉬는 피하라 하고 겨우 용기 내 선택한 '맴돌기'도 말리니 말이다. 지금부터 접근을 통해서도 강력한 한 방을 날릴 수 있단 걸 알려주겠다. 구체적인 상황을 통해 어떤 식으로 접근하면 좋을지 차근차근 익혀나가자.

회사 동료들과 함께 점심을 먹는 자리. 그중 관심 있는 남자 동료도 끼어 있다고 상상해보자. 메뉴는 매콤한 낙지볶음과 시원한 조개탕이다. 이때 그가 평소 매운 음식을 잘 못 먹는 남자라면 이렇게 말해 보면 어떨까? "매운 음식 안 좋아하시잖아요." 그러고는 생긋 웃어 보이고 시선을 돌린다. 음료 한 잔을 사더라도 마찬가지의 전략을 쓸 수 있다. 다른 동료들 것은 똑같은 커피로 통일해 사 오더라도 평소 커피를 즐겨 마시지 않는 그의 몫으로는 유기농 주스 한 병을 챙기는 것이다. 이때 역시 별 깊은 뜻 없는 척 무심하게, 그러나 다정한 한마디는 잊지 말자. "커피 안 좋아하는 것 같아서 주스 사왔어요. 괜찮죠?" 여자의 남다른 관심을 받은 남자, 왠지 모르게 그녀에게 눈길이 더 가는 건 어쩔 수 없다.

이번엔 그와 함께 야근을 하는 중이다. 산더미같이 쌓인 업무를 처리하느라 지친 새벽 무렵 피곤에 지쳐 책상 위에 엎드려 잠이 든 그가 보인다. 센스 있는 여자라면 이때를 놓칠 리가 없다. 먼저 자신의 무릎담요에 향수를 살짝 뿌려 은은한 향이 베도록 한다. 그리고 그의 어깨에 담요를 살포시 덮어준다. 아직 피곤이 가시지 않은 채로 눈을 뜬 남자는 여자의 담요를 보고 새삼 고마움을 느끼게 된다. 참고로 남자가 아쉬울 게 없는 상황보다는 힘든 상황일 때를 공략하는 게 좋다. 그가 강한 모성애를 느낄 수 있기 때문이다.

또 남자와 친숙한 관계가 된 상태라고 가정해보자. 상대에게 강력한 한방을 날리겠다고 마음먹은 여자들이 잘하는 행동 중 하나가 바로 '요리실력 뽐내기'다. 세상에 요리 잘하는 여자 싫어할 남자가 없는 만큼 썩 괜찮은 콘셉트를 선택했다고 볼 수 있다. 하지만 그 요리가 과연 어떤 용도로 쓰일지에 대해선 좀 더 진지하게 생각해볼 필요가 있다. 그 남자가 정말로 필요로 하는 것인가, 아니면 내 실력을 뽐내려는 용도인가?

이상일 박사는 3단 도시락을 예로 들어 접근 시 주의사항에 대해 설명했다. 한 여자가 4~5시간씩 투자해 3단 도시락을 쌌다. "시간이 나서 준비해봤어요"라며 정성껏 준비한 도시락을 건넨다. 이 순간 당신은 남자가 어떤 생각을 한다고 생각하는가? ① 정말 고맙다, ② 정말 대단하다. 둘 다 아니다. 대단하고 고맙단 생각과 함께 슬며시 밀려오는 부담감이 정답이다. 이상일 박사는 3단 도시락을 건넬 때 진심으로 기쁜 건 남자 쪽보다는 여자 쪽이라고 한다. 긴 시간 도시락을 준비하면서 남자가 얼마나 좋아할지 상상하는 과정에서 뿌듯함을 느낀다는 것이다. 냉정하게 말하면 자기만족을 위한 고생스러운 방법이라고도 볼 수 있다.

이상일 박사는 자기만족을 위한 3단 도시락보다는 상대가 정말로 원하는 걸 가볍게 그러나 다정하게 건네보라고 한다. 아침을 못 먹고 나와 허기진 남자라면 함께 자신의 선식을 나눠 먹자며 건네도 좋다. 단, 몸에 좋은 열일곱 가지 재료를 직접 고른 선식이라 맛도 좋고 몸에도 좋을 것이라는 설명을 곁들여야 한다.

만약 그가 분식을 좋아한다면 떡볶이를 만들어주자. 집에 있는 떡으로 떡볶이를 좀 만들어봤다며 입에 맞을지 모르겠다는 말을 건네는 것이다. 물론 누가 먹어도 정말 맛있어야 한다. 결국 선식과 떡볶이의 핵심은 남자가 원할 만한 음식을 맛있게 먹게끔 하는 데 있다. 상대가 기뻐할 것은 물론이거니와 평소에 표현하기 힘든 당신만의 여성성을 전할 수 있다.

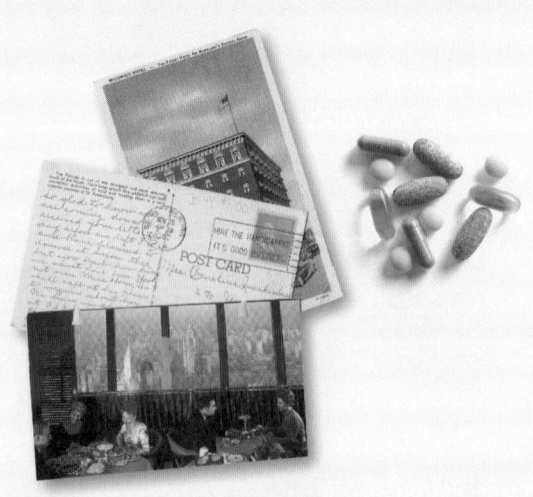

비타민과
사진**엽서** 한 장

김영제   한 여자 분과 사이가 발전할 때였어요. 그녀가 유럽으로 배낭여행을 가야 했는데 떠나기 전에 제게 뭔가를 건네더군요. 자신이 없는 동안 잊지 말아달란 의미의 사진엽서 한 장을 줬고요. 요즘 들어 일이 많은 것 같으니 자신이 없는 동안 건강을 챙기라며 비타민을 줬어요. 그래서 그녀가 없는 동안 비타민을 한 알씩 챙겨 먹었는데 그때마다 그녀가 생각나더라고요. 마음 씀씀이도 고마웠고, 또 자꾸 생각하니 더 보고 싶던걸요. 그전에 다른 여자들이 해준 비싼 선물이나 정성들인 선물들도 있는데 유독 그 비타민이 기억에 오래 남더라고요.

Point. 4

'밀당'보다는 '당밀'

남녀 관계에 있어 밀당(밀고 당기기)의 중요성은 두말하면 잔소리다. 별로 내키지 않고 귀찮다고 하는 사람들조차 자신도 모르게 밀당을 하는 일이 비일비재하다. 밀당의 핵심은 상대를 애타게 만드는 데에 있다. 이를 통해 당신을 더욱 특별한 여자로 느끼게 만들고 연애 초기일 경우 호감을 사랑으로 키우는 데 결정적인 역할을 하기도 한다.

이상일 박사 역시 밀당의 필요성에 대해 강조한다. 수직적인 논리구조를 가진 남자는 여자처럼 세심한 부분까지 분석하고 판단하지 못한다. 그래서 여자의 진심을 알아채기보다는 눈에 보이는 행동을 보고 결론을 짓게 된다. 여자가 튕기면 그러한 태도만 눈에 들어오는 식이라고 보면 된다. 그래서 이유를 알 만한 결정적인 단서가 보일 때까지 밀당의 게임에 쉽게 빠져들게 된다고 한다. 이럴 때 여자가 써야 할 방법은 헷갈리게 하는 것이다. 겹겹이 포장된 선물박스를 보고 포장 풀기가 귀찮다고 마다할 사람은 없다. 당신이 튕기는 이유를 유쾌한 기분으로 파헤치게끔 하는 게 밀당의 핵심이자 전부라고 한다. 만약 여자가 끝없이 튕기는 자세만을 고수한다면? 남자는 눈에 보이는 대로 자신이 싫기 때문이라고 해석하기 쉽다. 반대로 이유를 파헤치는 과정에서 자신이 좋기 때문임을 알게 된다면 더욱 신이 나 할 것이다.

밀당보다는 당밀이라 불러줘!

대부분의 여자들은 이미 밀당의 필요성을 잘 알고 있다. 정작 문제는 막상 써 먹으려면 어렵다는 거다. 어디까지 튕겨야 하는 건지, 어디까지 진심을 내비쳐야 할지 당최 자신이 없다. 영원히 풀리지 않는 숙제처럼 알듯 하면서도 어려운 게 밀당의 기술이다.

자, 그렇다면 어떻게 해야 밀당을 잘 할 수 있을까? 이명길 강사는 우선 밀당이란 말부터 경계하라고 말한다. 대신 당밀, 즉 당기고 밀기를 기억해야 한단다. 보이는 대로 해석하길 좋아하는 데다 끈기까지 없는 게 요즘 남자다. 그 때문에 먼저 밀어내고 나

중에 당기려다가는 놓치기가 쉽다. 이보다는 먼저 여지를 주면서 당기고 그 후 살짝 밀고를 반복해서 '안전한 게임'을 즐겨야 한다고 충고한다.

가장 손쉬운 방법으로는 '시간차 이용'을 들 수 있다. 그가 주말에 영화 볼 수 있는지 물어 올 때 곧바로 흔쾌한 대답을 하지는 말 것. 그렇다고 튕긴답시고 "안돼요"라고 딱 자르는 건 더더욱 안 된다. 대신 "제가 약속이 있었던 것 같은데 다이어리를 보고 연락 드릴게요" 또는 "집안에 일이 있는 것 같은데 살짝 확인만 해볼게요"라고 대답해보자. 이렇게 해서 15분, 20분이라도 기다리게 한 후 확답을 주는 게 시간차 이용법이다.

조금 더 대담하게 나가도 될 것 같다면 약속 한 번 정도는 미뤄버려도 괜찮다. "그날은 선약이 있어서 안돼요"라고 대답한 후 "대신 다음 주엔 어때요? 시간 내줄 수 있어요?"라고 묻는 것이다. 일주일만 기다리면 만날 수 있다는 희망을 심어주는 것, 일명 '희망고문'이라고 할 수 있다.

참고로 튕길 때 집안일을 핑계로 대는 건 당밀 이상의 효과까지 얻을 수 있다. 부모님의 심부름 또는 친척의 결혼식을 잊지 않고 챙기는 모습은 가족을 생각하는 정숙한 여자라는 인상을 심어줄 수 있다. 곰곰이 떠올려보라. 남자는 아는 선배나 친구를 만나야 한다고 하면 잘 이해해주지 않는다. 대신 집안일을 핑계로 대면 한결 더 너그러워진다.

밀당을 위한 또 다른 방법으로 '여운 남기기'가 있다. 특히 문자를 주고받을 때 명심해야 할 점이기도 하다. 상대와 가까워지기 위해 문자를 활용하는 건 좋은 자세다. 매일 통화를 주고받는 사이는 아니더라도 가볍게 문자로 서로의 근황을 전하며 친분을 쌓을 수 있기 때문이다. 이렇게 자연스레 문자를 주고받기 위해선 의문문을 잘 활용해야 한다. 나는 이랬는데 당신은 어떻게 생각하는지, 또는 뭐하고 있는지, 자연스럽게 질문을 던질 수 있어야 한다. 그렇게 해서 대화를 좀 더 길게 끌고 가는 거다.

중요한 건 이렇게 문자를 두세 번 이상 주고받았을 때다. 마지막까지 친절하게 "네~" "어머, 그러세요?"라며 예의를 차려선 안 된다. 어느 정도 기분 좋게 대화를 나눴다면 적당한 선에서 당신이 먼저 멈춰야 한다. 이미 나눌 얘기는 다 나눴지만 혹시라도 당신에게 연락이 또 올까 싶어 휴대폰을 보게 만들자. 왠지 한 마디 정도 더 할 수 있을 것 같은 여운이라고 생각하면 된다. 시간이 흘러 당신이 다시 문자를 했을 때 더 쿨해 보이기도 하거니와 반갑게 느껴질 것이다.

혹시 연인을 만나기 위해 이렇게까지 머리를 써야 하나 싶다면 이렇게 생각해보는 건 어떨까? 길가다 우연히 100만 원을 줍는 횡재를 얻었다고 치자. 공돈 100만 원은 원래 있어도 그만 없어도 그만인 돈이다. 뜻밖의 수입으로 친구들에게 거하게 한턱 쏠 수도 있고, 때 아닌 여행 계획을 세울 수도 있다. 갑자기 지름신이라도 강령하게 된다면 쇼핑 한 시간에 깔끔히 처리할 수도 있다. 하지만 한 달 동안 뼈 빠지게 번 100만 원이라면 어떨까? 제일 먼저 어떻게 해야 아껴 쓸 수 있을까 고민하게 될 것이다. 이 돈으로 적금도 넣어야 하고 친구와 밥도 한 끼 먹어야 하며 부모님께 용돈까지 드려야 한다. 나에게 반드시 필요한 더 없이 소중한 돈인 것이다.

같은 100만 원이지만 상황에 따라 그 값어치는 천지 차이다. 그가 당신의 마음을 어렵게 얻었다고 생각할수록 당신이 더 소중하게 느껴지는 건 당연한 이치다.

실전 연애전략 편

그를 내 남자로 만드는 기술

Point. 1

사랑을 샘솟게 하는
마법의 데이트

    드디어 찜한 그 남자와 설레는 데이트를 하게 되었다. 남과 우리의 경계선 사이에서 간신히 우리가 된 중대한 시점이라 할 수 있다. 함께 예쁜 울타리와 튼튼한 집을 지을지, 각자 새 울타리를 찾아 떠날지, 이제 그 결정을 해야 하리라. 그렇다면 이제 어찌한다. 첫 번째, 혹은 두 번째 맞는 데이트의 기회를 그저 그의 뜻대로 따라다니기만 할 것인가? 수동적인 여자가 매력이 없다는 건 이미 알았을 터, 더욱이 무심코 짠 그의 계획이 나를 곤란하게 만들 수도 있다. 상상해보자, 갑자기 트러블이 많이 나서 당신의 피부에 자신이 없는 상황이다. 그런 속사정을 알 리 없는 남자가 모공까지 훤히 보일 듯한 형광등이 있는 식당으로 안내한다면? 상상만으로도 마음 불편하고 끔찍한 상황이 아닌가? 지금

이 순간, 가슴이 시큰하도록 고독한 솔로로부터 탈출하고 싶다면 호감이 사랑으로 발전할 수 있도록 기회를 십분 활용해야 한다.

지금부터 이상일 박사가 제안하는 효과적인 데이트 방법에 대해 들어보자.

하나, 데이트 초반부터 한적하고 외딴 곳으로 가지는 말자

가볍게 와인이나 맥주 한두 잔 정도는 괜찮지만 본격적으로 술을 마시는 자리를 만들 필요는 없다. 번화가나 쇼핑타운 같이 사람들이 많은 장소를 택하라. 만날 때에는 일정 시간 주변을 걷다가 목적지에 도착하는 게 좋다. 첫 번째 코스에서 두 번째 코스로 이동할 때 자연스럽게 사람들 사이를 거닐어도 좋다. 이런 길을 걷다보면 긴장도 풀릴 뿐 아니라 주변 자극으로부터 서로 의지하게 만드는 효과가 있다. 사람들 틈을 헤치며 친밀감 있는 대화나 자연스런 스킨십도 오갈 수 있다. 적어도 20~30분 정도는 이런 과정을 데이트 코스에 넣도록 하자.

둘, 데이트를 하며 그의 장점을 캐치하자

좋아하는 사람과 있는 만큼 장점이야 얼마든지 눈에 띨 것이다. 상대의 장점을 파악해 놓고도 속으로만 넘기지 말고 사소한 것이라도 반드시 칭찬해주자. 칭찬에 대한 보수로 상대가 당신에게 더 큰 매력을 느낄 수 있다.

셋, 간단한 선물을 건네거나 음식을 함께 먹도록 하자

상대가 선물을 받아들였다면 친밀감을 느낄 수밖에 없다. 현장에서 구할 수 있는 가벼운 선물을 건네거나 초콜릿 같은 달콤한 먹을거리를 나눠 먹어도 좋다. 특히 음식을 나눠 먹는 건 데이트 초반에 무척 큰 의미를 지닌다는 걸 명심하자. 인간이 음식을 먹는 건 생존과 직결된 문제다. 그만큼 음식을 함께 나눈다는 건 본능적으로 함께한다는 인식을 심어줄 수 있는 행위다. 우리나라뿐 아니라 세계 각국의 민족들이 결혼식에서 특정한 음식이나 음료를 나눠 먹는 것도 이 때문으로 해석할 수 있다. 맛있는 음식을 나누는 과정은 서로가 한편이라는 인식을 공유할 수 있는 기회다. 또한 '너는 내꺼야'라는 의미로 소유에 대한 욕구를 충족시켜줄 수도 있다. 그러니 차나 홀짝 홀짝 마시기보단 밥 한 끼라도 함께 하는 기회를 갖자.

연애는 타이밍의 예술

소개팅에서 만난 남자를 내 남자친구로 만들기 위해, 또 호시탐탐 그와 옷깃 스치는 인연을 만들기 위해… 오늘밤도 잠 못 이루고 고민 중인가? 그와의 멋진 데이트 날, 디데이를 언제로 잡을 것인가? 주말, 오늘 저녁, 아니면 지금 당장. 타이밍이 승패를 결정한다. 그러니 가장 적절한 때를 찾아 공략하자. 그에게 당신의 매력을 좀 더 잘 어필할 수 있는 때가 있다. 연애 고수를 향한 타이밍의 기술을 알려주겠다.

하나, 데이트 약속은 상대가 여유로울 때 잡자

데이트 약속을 잡을 때도 적절한 타이밍이 있다. 오전에 출근해서 저녁에 퇴근하는 남자에겐 너무 이른 오전이나 밤늦은 시간보다 오후 3~4시 정도가 좋다. 이 시간은 적당히 급한 업무를 끝내고 여유가 생길 때다. 저녁에 무언가를 하고 싶고 누군가 만나고 싶을 때이기도 하다. 어차피 만날 거라면 그가 아쉬울 때 약속을 잡자.

둘, 흐리고 비 오는 날을 놓치지 말자

흐리거나 부슬부슬 비가 내리는 날, 당신은 어떤 기분이 드는가? 어떤 이는 파전에 막걸리가 고픈 날이기도 하고 또 어떤 이에게는 진한 에스프레소와 클래식한 음악이 간절해지는 날이기도 하다. 괜히 지난 다이어리나 사진첩을 뒤지게 되는 멜랑꼴리한 날이라고나 할까. 흐린 날씨는 사람을 감성적으로 만든다. 괜히 더 외롭고 누군가와 함께 하고 싶은 이런 날, 그렇기 때문에 데이트 성공률이 가파르게 치솟는 날이기도 하다. 찜한 그 남자와의 성공적인 데이트를 계획하고 있다면 일기예보부터 확인해보라.

셋, 돌아설 때를 아는 여자가 되자

뭉게뭉게 피어나는 구름처럼 가슴이 두둥실 떠오르는 순간, 그와 함께하는 1시간이 마치 1분처럼 흘러가고 매순간이 로맨틱한 영화처럼 느껴질 때가 있다. 만약 당신이 이런 데이트를 하고 있다면 질투 날 만큼 부러운 행운아 중의 행운아일 것이다. 단 이맘때 알아두면 좋을 타이밍의 기술이란 게 있다. 비록 뜨거운 감정은 통제되지 않더라도 데이트하는 시간만큼은 현명하게 조절해야 한다. 특히 아직 상대를 완벽하게 내 남자로 만들었단 확신이 들지 않는 상황이라면 더더욱 그러하다.

콕 집어 말하건대 대낮부터 밤늦게까지 체력이 달리도록 하는 피곤한 데이트만큼은 피하자. 내 감정에 충실해 남자를 졸졸 따라다니다 보면 자연히 그의 입에서 먼저 "오늘은 이만 헤어지자"는 얘기가 나올 것이다. 이는 그로 하여금 '아, 집에 가서 쉬고 싶다'란 생각이 들게 만드는 것과 다름없다. 그의 마음을 사로잡는 데 별 도움이 되지 않음은 짐작하고도 남을 것이다. 이보다는 함께 할 시간을 조금 양보하더라도 아쉬운 여자가 돼보는 건 어떨까? '더 보고 싶은데 볼 수 없고, 내일 또 보고 싶은 여자'가 되는 것, 상상만으로도 짜릿하지 않은가? 그와 질리도록 함께 있고 싶은 심정을 누르고 적당한 타이밍에 이 악물고 돌아설 줄 아는 센스를 키우자. 상대의 마음을 당신 곁에 꽁꽁 묶어둘 수 있을 것이다.

Point. 2

리액션의 고수가
연애의 고수

2010년 12월 결혼정보회사 비에나래에서 미혼남녀 614명을 대상으로 한 가지 재미있는 설문 조사를 했다. '연인 입장에서 본 한국 남녀의 장단점'이 주제였다. 조사결과 여성의 절반이 넘는 57.3퍼센트가 한국 남자의 가장 큰 장점으로 '돈을 잘 쓰는 점'을 꼽았다. 그 다음으로는 '인정이 많은 점'이 차지했다. 이를 통해 여자는 남자가 자신을 위해 돈을 잘 쓰고 따뜻하게 대해준다고 느낄 때 좋아한다는 걸 알 수 있다. 한 가지 재밌는 사실은 남자들은 여자친구의 의사를 존중해주는 태도가 장점이라고 생각하지만 여자들은 전혀 그렇게 느끼지 못한다는 점이다.

자, 그렇다면 남자들이 꼽은 한국 여자의 장점은 과연 무엇일까? 놀랍게도 무려 응답자의 48.9퍼센트가 가장 큰 장점으로

'애교'를 꼽았다. 그 뒤로는 '남성 의사 존중'이 차지했다. 이 설문 조사를 보면 여자의 애교가 연인관계에 있어 얼마나 중요한 비중을 차지하는지 어느 정도 짐작할 수 있다. 그렇다면 이쯤에서 한번 묻고 싶다.

"당신은 과연 얼마나 애교에 자신이 있는 여자인가?"

'리액션'만 잘해도 애교 있는 여자가 될 수 있다

애교란 상대방에 대한 반응에서 시작한다고 해도 과언이 아니다. 그가 어떤 행동이나 말을 했을 때, 남들보다 더 적극적으로 반응함으로써 기분을 좋게 해주는 것이다. 상대와의 대화로 얼마나 기분이 좋아지느냐에 따라, 그만큼 더 그녀를 상냥하고 애교 있다고 느낄 수 있다. 남자의 말과 행동에 리액션만 잘해도 애교 있는 여자가 될 수 있는 만큼 효과적인 리액션 방법에 대해 알아보자.

애교 1단계
리액션이 좋은 사람들은 시큰둥한 태도를 취하는 법이 없다. 대신 진심을 담아 함께 기뻐해주고 맞장구쳐준다. "그랬어?" 또는 "와~"를 적절히 섞어가며 귀 기울여 주기만 해도 남자의 기분은 훨씬 좋아진다.

애교 2단계

이명길 강사가 리액션에서 가장 강조하는 점이 있다. 바로 말의 뉘앙스다. 건조하게 정말 대단하다고 말하는 것과 살짝 단어를 늘어뜨리며 "저엉~마알~" "대애~단~하다"고 말하는 것은 확실히 느낌부터 다르다는 것이다. 주변에 남자가 많은 여자들을 보라. 오빠를 부를 때 그냥 "오빠"라고 부르는 법이 없다. "오빠아~"라며 끝을 살짝 늘어뜨리며 맛깔나게 부른다. 마찬가지로 "정말?"도 "저엉~마알~?"이라고 말하는 식이다.

전화 한 통이면 대출 가능하다는 각종 대부업 광고를 떠올려 보자. 땡땡땡 머니로 전화하라라며 유혹하는 여자의 말투는 한결같이 상냥하다. 한 톤 높은 밝은 목소리, 세상에서 가장 다정한 말씨, 딱 부러지게 말하는 게 아니라 살짝 여운이 남게끔 말한다. 뉘앙스를 잘 살릴 수 있다면 당신의 리액션이 훨씬 긍정적인 느낌으로 다가갈 수 있다.

애교 3단계

어느 정도 리액션의 기본을 익혔다면 이번엔 애교의 고수에 도전해보자. 그에게 귀엽게 보일 수 있는 말이나 행동은 뭐든지 애교가 될 수 있다. 서로 둘만의 애칭을 만들어 부르는 것도 좋다. 길을 걷거나 이동 중일 때 예상치 않은 가벼운 터치나 장난을 치는 것도 괜찮다. 약속시간에 좀 늦었다면? 그냥 '미안'이라고 말하기보단 그의 볼을 따뜻한 손으로 살포시 감싸주고 미소 짓는 거다.

MBC 〈우리 결혼했어요〉에 실제 커플로 출연해 애교 하나로 남자를 쥐락펴락했던 황정음을 참고해도 좋다. 당시 전 국민을 애교열풍에 몰아넣은 장본인 황정음. 그녀는 주로 직접적이고도 적극적인 애교를 부린다는 걸 알 수 있다. 귀여운 콧소리를 내거나 눈을 깜빡이며 귀여운 춤을 추는 식이다. 어쩜 저렇게 닭살 돋는 토끼애교를 부릴까 싶다가도 곧 기분 좋게 그녀에게 빠져드는 것을 부인할 수 없다.

만약 적지 않은 나이에 좀 오버스럽게 비춰질까 두렵다면? MBC 〈파스타〉에서 공효진이 보여줬던 달달한 애교를 참고하면 괜찮겠다. 그녀의 애교 포인트는 해맑은 미소와 눈웃음이다. 그러면서 수줍은 듯 "셰에~프~"라고 상대를 부른다. 이렇듯 애정을 담아 다정하게 이름을 불러주면 분위기는 더욱 달콤해질 수밖에 없지 않겠는가.

혹시 앞의 애교에 왠지 모를 거부감이 든다면 이것만 기억하자. 이 책에서 언급하는 연애의 기술은 자신에게 없는 걸 억지로 연기하라고 시키는 게 아니다. 내 안에 잠재되어 있던 것들을 센스 있게 활용해본다는 마음으로 시도하면 된다. 나의 본 모습을 잃지 않는 범위에서 각자의 기준에 맞게 적용해보자. 마음처럼 애교를 발휘하지 못해도 괜찮다. 그 중요성을 알고 있다는 사실만으로도 당신은 확실히 달라진 것이다.

Point. 3
질투는 남자의 힘!

　　세상에 삼각관계 없는 드라마가 과연 몇이나 될까? 드라마 속에서는 으레 남녀 주인공의 아름다운 사랑을 위협하는 강력한 연적이 등장하기 마련이다. 외모나 조건, 일편단심의 자질까지 어떤 면에선 주인공보다 더 나은 조건을 갖춘 남자들이다. 사실 여기서 주목할 것은 연적이 주인공 커플의 관계를 위태롭게 만드는 것처럼 보일지 몰라도 실상은 돕는 쪽에 가깝다는 점이다. 연적으로 인해 남자 주인공의 마음 깊숙이 숨어 있던 질투심이 샘솟기 때문이다. 결과적으로 보라! 이러한 질투심은 여자 주인공에 대한 집착과 애정 그리고 사랑 순으로 발전하게 된다. 그만큼 '질투'의 힘은 실로 위대하다고 할 수 있다.

　　특히 남자의 질투는 여자보다 폭발력이 크다는 점에 주목해야 한다. 사실 연애 좀 해본 사람이라면 이미 터득했을지도 모르겠다. 여자의 질투는 대개 사소한 듯 보이지만 의미 있는 사안에 대해서 자주 일어나는 편이다. 화를 내거나 침묵하기보다는 조금씩 투덜거리며 어떻게든 표현을 하는 방식인 것이다. 하지만 남자는 다르다. 사안의 경중을 떠나 뭔가에 꽂혔다 하면 그 누구도 제어하기 힘들 만큼 불같이 화를 낸다. 이렇게 남자가 질투에 약한 데는 나름의 생물학적 이유가 있다. 본능적으로 여자를 독점하길 원하는 데다 여자에게 인정받길 원하기 때문이다. 그렇기 때문에 당신이 이러한 남자의 질투심을 잘만 이용할 수 있다면 효과는 상상을 초월할 수도 있다.

김영제   제가 감정에 무척 솔직한 편이거든요. 그래서 괜히 질투가 나도 덮고 지나가질 못하고 꼭 표현을 하게 되더라고요. 한번은 여자친구가 결혼식장에 가는데 저를 안 데리고 간 적이 있어요. 예쁘게 차려입고 가는 모습을 보면서 괜히 서운하고 질투심이 나서 결국 나중에 따져 물은 적이 있어요. 그러면서도 내가 왜 이렇게 유치할까 싶었죠. 아이구 다시는 그러고 싶지 않네요. 그런데 가만히 생각해보면 제가 만난 여자 분들은 이런 식으로 남자의 마음을 잘 조정할 줄 아는 것 같아요. 질투심을 자극해서 더 사랑받을 줄 안다고 할까요. 저도 이젠 질투하는 입장이 아니라 질투 나게 하는 입장이 되고 싶네요.

이제석　　제 경우는 상대방보다 오히려 제가 질투심을 유발하는 것 같아요. 일부러 그러는 건 아닌데 은근히 나쁜 남자 타입이거든요. 일에 몰입하다 보면 저도 모르게 여자친구보다 다른 것들이 우선순위가 될 때가 있잖아요. 그러다 보면 괜히 착한 여자친구를 서운하게 만들 때가 있어요. 게다가 이런 일을 하다 보면 다른 여자들과도 어울릴 일이 많아지거든요. 그녀도 서운할 수밖에 없겠죠. 문제는 서운한 마음을 잘 달래줘야 하는데 그러질 못했다는 거예요. 오히려 무뚝뚝한 편이었죠. 남녀의 심리란 게 참 재밌어요. 한쪽이 속을 썩이면 그만큼 다른 쪽의 마음도 식어야 할 것 같지만, 식기는커녕 더 뜨거워질 때가 있잖아요. 그걸 집착이라 부르든 사랑이라 부르든 중요치 않아요. 더 뜨거워진다는 게 중요하죠. 어쨌든 의도하지는 않았지만 그녀가 제게 집중하게 만든 셈인 거죠.

대신 한번 마음먹었을 땐 잘해주려고 엄청 노력하거든요. 그러다 보니 연인 사이가 심심할 겨를이 없어요. 늘 냉탕과 온탕을 반복하는 식인 거죠. 그럴수록 그녀가 저를 더 좋아해주는 것 같았어요. 질투심의 위력은 참 대단한 것 같아요. 솔직히 연인 사이에 큰 도움이 된다고 봅니다. 재밌는 건 제 주위를 보면 여자보다 남자가 훨씬 심하게 질투하는 경우가 많아요. 하하하.

남자를 질투하게 하는 센스

질투심 유발의 핵심은 당신이 인기 있는 여자라는 메시지를 그에게 전하는 데 있다. 그렇다고 해서 "따라다니는 남자가 있다"며 뻥이라도 치란 건 아니다. 대놓고 거짓말을 하지 않고도 인기 있어 보일 수 있다. 만약 그가 "남자친구 있으세요?"라고 물었다고 치자. "아뇨, 없어요"라고 너무 솔직하게 말하거나 "있는데요"라며 일부러 있는 척하는 건 별 도움이 안 된다. 그보다는 "글쎄요, 어떨 것 같으세요?"라며 묘한 미소를 보내보면 어떨까? 남자에게 '누가 있긴 한가?'라는 호기심이 생기게 할 뿐 아니라 대화를 이어나가기에도 좋다. 당신의 이미지에 대해 좀 더 심도 있게 얘기를 나누면서 그의 관심을 집중시킬 수 있기 때문이다.

이번엔 그와 함께 있는데 전화가 왔다고 치자. 덥석 전화를 받아 "언니~" 하며 끈끈한 우애를 자랑할 것인가? 그보다는 남자에게 양해를 구하고 잠시 자리를 떠나 전화를 받아보면 어떨까? 굳이 남자에게 전화 온 척 연기하지 않아도 왠지 모르게 남자일 것만 같은 분위기를 풍길 수 있다. 앞의 두 가지 방법의 핵심은 거짓말을 하지 않으면서도 인기가 있을 것만 같은 느낌을 전하는 데 있다. 상대는 당신에게 묘한 호기심을 느낄 것이며 이미 관심이 있는 상태라면 더욱 안달 난 모습을 보일 것이다.

이명길 강사는 좀 더 적극적인 방법을 권하기도 한다. 남자와 함께 있을 시간에 맞춰 자기 자신에게 예약 문자를 보내 두거나 친구에게 전화해 달라고 해서 남자에게 걸려온 척 연기라도 하라는 거다. 그 역시 이러한 질투심 유발법을 몸소 실천해왔다고 한다. 학창시절엔 남자친구가 예전 같지 않다는 후배를 돕기 위해 일주일간이나 쫓아다니는 남자인 척 연기를 한 적이 있을 정도다. 비록 나중에 후배의 남자친구에게 원망을 듣기는 했지만 후배 커플은 다시 예전의 관계를 회복할 수 있었다고 하니 관심 있다면 시도해봐도 나쁘지 않을 것 같다.

• Sweet Guys Interview. 05
금융권 no.1 킹카 김영제

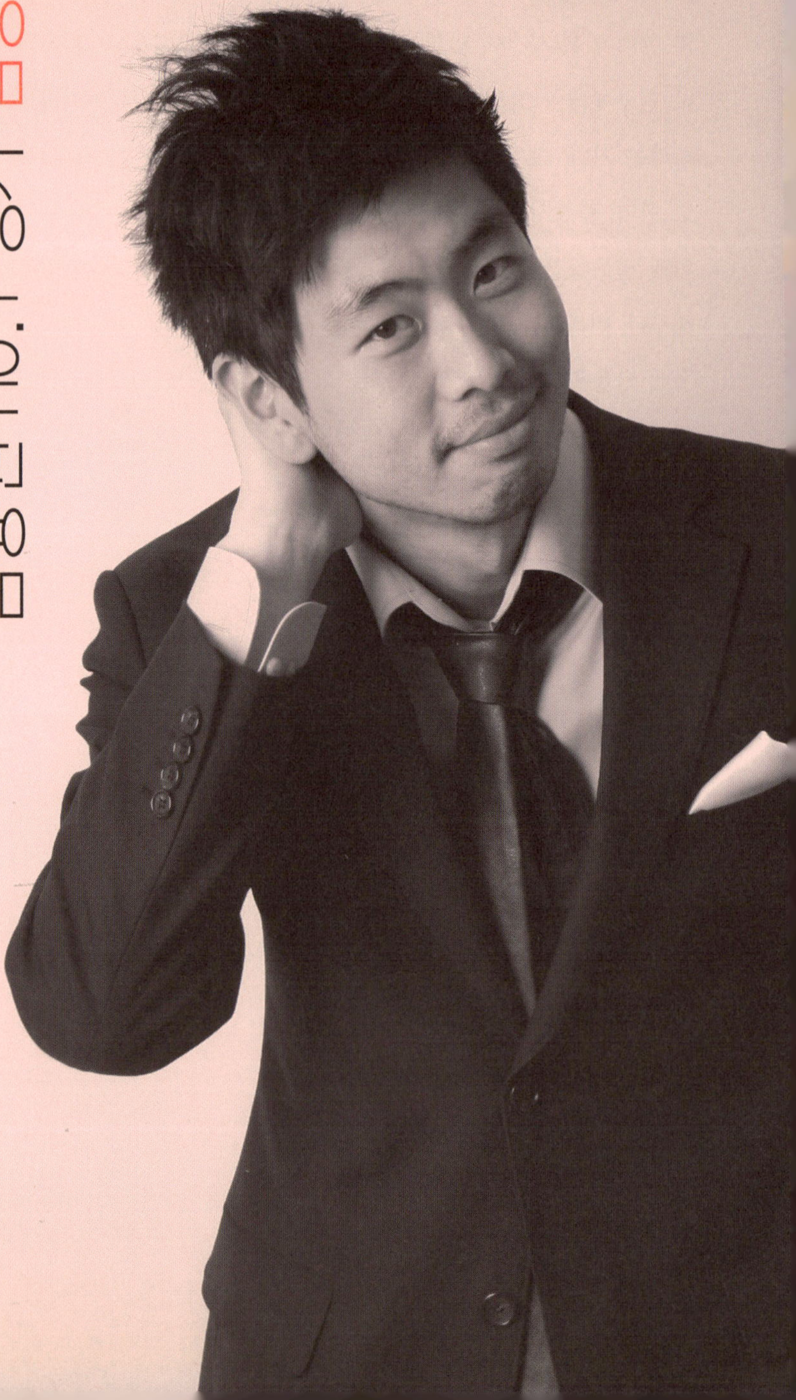

몸에 딱 맞는 핏의 단정한 수트와 진한 에스프레소를 즐기는 차도남. 도도하고 귀티 나는 외모를 지닌 킹카 중의 킹카다. 너무 번듯한 남자라 괜한 의심이 들 정도다. 성격은 좀 모나지 않을까? 돈을 물 쓰듯 쓰고 다니진 않을까? 사람이라면 뭔가 흠잡을 구석이 하나쯤은 있어야 할 테니까. 그런데 하늘은 공평치 않은가 보다. 금융권 킹카 김영제는 겉모습보다 내면이 더 매력적이다.

그에겐 여느 도시인과는 다른 특유의 자유롭고 로맨틱한 감성이 있다. 성공을 위해 노력하는 현실주의자이지만 한편으론 보헤미안의 가치를 추구한다는 그. 비록 몸은 사회에 속해 살지만 관습에 구애되지는 않고 싶다는 뜻이란다. 무미건조하게 살기보단 풍부한 감정을 즐기며 사는 게 꿈인 남자. 글로벌 기업에서 일하면서도 틈틈이 영화 공부를 하는 이유도 그 때문이다. 카페에 앉아 시나리오를 쓰며 상상의 세계에 빠질 때 가장 행복하다고 말할 정도다.

사랑에 있어서도 마찬가지다. 자신의 감정 그 자체를 소중히 여길 줄 안다.

"연애할 때 밀당에 소질이 없고 감정표현이 솔직해서 탈이에요. 그래서 스스로가 찌질하게 느껴질 때도 있었죠. 하지만 자신의 찌질함을 느낄 수 있는 이 감정 역시 너무나 소중한 거 아닐까요? 그런 면에서 보면 바람둥이들은 참 안됐어요. 그녀와 함께 있는 순간이 얼마나 행복한지 모를 테니까요."

보헤미안의 가치를 추구하는 꿈꾸는 차도남 김영제. 여자에게 묘한 호기심을 자극하는 매력적인 남자다.

Point. 4

김태훈과 이명길이
가장 많이 듣는 질문

연애라는 단어 하나만 던져줘도 몇 날 며칠씩 썰을 풀 수 있는 사내들이 있다. 대한민국 1호 연애강사 이명길과 촌철살인 연애 카운슬러 김태훈이다. 가슴앓이하는 중생들의 한 줄기 빛이자 각성제가 되어주는 인물들이다. 사실 '연애 전문가'란 것엔 자격증이 있는 것도 아니고 명확한 기준이 있는 것도 아니다. 그럼에도 불구하고 이들이 두터운 신망을 받을 수 있는 이유는 많은 사람들의 공감을 불러일으키는 특별한 뭔가가 있기 때문일 것이다.

이렇듯 연애전문가로 유명세를 떨치는 두 사람을 취재하려니 벌써 만나기도 전부터 머릿속에 묻고 싶은 궁금증들이 봇물 터지듯 쏟아졌다. '소개팅에선 어떻게 해야 할까' '권태기는 어떻게 극복해야 하나' '마음에 둔 남자에게 먼저 대쉬를 해야 하나 말아야 하나' 등등 망설이고 고민했던 무수한 질문들이 말풍선들을 그리고 있었다.

그중 가장 궁금했던 질문 하나.

"도대체 사람들이 연애전문가에게 제일 궁금해 하는 이야기는 뭐죠?"

과연 사람들은 세상이 인정하는 뛰어난 연애 전문가와 카운슬러에게 무엇을 얻고 싶은 걸까?

내 남자친구 용서해도 될까요?

남자가 됐든 여자가 됐든 이명길 강사에게 가장 많이 하는 질문은 '연애 기술'이다. '좋아하는 사람이 생겼는데 어떻게 하면 좋을지 대처법을 알려 달라'는 주문이 많다고 한다. 그리고 연애의 기술에서도 여자들의 경우는 특히 '내 남자친구가 잘못했는데 용서해줘야 할까요?'라는 질문을 많이 한다.

곰곰이 생각해보니 여자친구들끼리 모여 남자친구 얘기를 할 때면 자주 나오는 주제이기도 하다. 보통 한 친구가 남자친구의 극악무도한(?) 짓을 고발하고 주변의 친구들이 더 큰 목소리로

분개하는 식이다. 그러다 보면 상황이 역전되어 자기 남자친구의 입장을 변명해주느라 진땀 빼는 여자의 모습을 보게도 된다.

이명길   여자 분들이 제게 남자친구를 용서해줘야 하는 거냐고 물을 때가 많아요. 하지만 이미 마음속으로는 용서하기로 결정하고 묻는 거거든요. 마음으로는 용서를 하고 싶은데 머리로는 용서해서는 안 될 것 같으면 제 입을 통해서라도 명분을 만들려고 하는 거예요. 그럴 땐 아무리 헤어지라고 말해도 듣지 않으세요. 차라리 마음 편하게 용서하고 잘해보라고 말씀드리는 게 낫죠. 대신 앞으로 어떤 방식으로 만나야 할지 그 부분에 대해 당부해 드리는 편입니다.

그의 말에 일리가 있다. 모 케이블 방송에서 한참 인기를 끌었던 〈연애 불변의 법칙〉만 봐도 그렇다. 이 프로그램은 여자가 '나쁜 남자'로 의심되는 남자친구를 의뢰해 바람을 피우는지, 나쁜 행동을 하는지 등을 실험한다. 만약 남자친구가 나쁜 남자로 판명되면 과감히 헤어지겠다며 이를 악 물고 나서는 여자들이 수두룩하다. 그리고 십중팔구 '설마'가 '역시'로 끝나는 상황이 벌어지곤 한다. 남자가 여자친구를 속이고 낯선 여자와 진한 스킨십을 서슴지 않거나 양다리를 걸치는 모습을 목격하기 때문이다. 하지만 그때 대부분의 여자들이 내린 결정이 무엇이었던가. 온갖 못 볼 꼴을 다 보고 나서, 눈물 콧물 흘리고선, 남자친구의 "잘할게" 한마디에 결국 용서를 선택하지 않던가! 역시 최고 연애 코치는 이런 여자들의 심리를 잘 간파하고 있는 것이다.

그리고 또 다른 단골 고민거리.

"처음엔 잘해주던 오빠가 지금은 너무 변했어요."

간도 쓸개도 다 빼줄 것처럼 굴던 남자가 막상 사귀기 시작하고 시간이 지나면서 변했다며 마음 고생하는 여자들이 많은가 보다. 하지만 여자들이여! 여기 이명길 강사의 말을 들어보라. 남자에 대한 당신의 편견이 깨질 테니. 아니, 편견까진 아니더라도 작은 위로쯤은 될 수 있을 것이다.

이명길 남자가 변했다고요? 아닙니다. 제정신으로 돌아온 거죠. 이런 질문은 대개 1년에서 1년 6개월 정도 사귄 커플 사이에서 가장 많이 나오거든요. 웬만큼 서로 편해지다 보니 남자의 평소 모습이 나오는 겁니다. 남자가 변했다고 생각하고 다른 남자를 만나더라도 상황은 똑같을 거예요. 대부분의 여자는 70퍼센트의 마음으로 사랑을 시작해요. 다 채우지 않은 상태에서 상대가 괜찮겠다 싶으면 마음을 열고, 그러다 시간이 흐르면서 80퍼센트, 90퍼센트, 100퍼센트까지 채워나갑니다.

그런데 남자는 반대예요. 처음에 100퍼센트로 시작해서 차츰 그 수치가 떨어지죠. 물론 모든 커플이 반드시 이런 방식으로 사랑하진 않겠지만 대다수 커플이 이에 해당한다는 건 자신합니다. 그러니 현실을 받아들이세요. 남자가 변한 게 아니라 제정신으로 돌아온 겁니다.

남자는 왜 그러죠?

"남자와 여자는 궁금해 하는 것들 자체가 무척 달라요."

김태훈은 남자와 여자는 궁금해 하는 것들이 무척 다르다는 말부터 꺼냈다. 남자들은 주로 "어떻게 하면 그녀를 넘어오게 할 수 있죠?" "지금쯤 전화를 해야 할까요? 말까요?" "선물로는 뭘 해줘야 하나요?" 같은 질문을 한다고 한다. 어떻게 행동해야 할지 구체적인 방법을 묻는 것이다. 반면 여자들은 "왜 변했을까요?" "왜 게임만 하면 정신을 못 차리죠?" "왜 제 맘을 몰라줄까요?" 같은 질문을 한단다. 남자의 심리를 궁금해 하는 것이다. 이럴 때마다 김태훈이 거듭 강조하는 게 있다. 여자의 입장에서 상대를 바라보기 전에 남자에 대한 '생물학'적인 이해가 선행되어야 한다는 것이다.

김태훈　　남자들은 왜 그러냐며 하소연하기 전에 '인간으로서의 남자'를 공부해야 합니다. 생물학적인 차이를 이해하면 남녀가 싸우는 수많은 문제를 해결할 수 있거든요. 백화점을 한번 예로 들어볼까요? 대부분 여자들은 백화점 가는 걸 좋아하고 남자들은 싫어하죠. 예부터 수렵, 채집에 강한 여자들은 백화점 가서 내 물건을 고르는 과정을 즐기거든요. 하지만 사냥하는 남자들은 목표만 얻고 나면 바로 볼 일이 없어지죠. 왜 서성이고 다니는지 이해를 못해요. 그래서 백화점에 갔을 때 남자친구나 남편을 끌고 1층부터 꼭대기로 올라가는 건 현명하지 못한 거예요. 특히 남자가 흡연가라면 더더욱 그래요. 언제 끝날지 모르는 쇼핑에 대한 스트레스가 층이 올라갈수록 더해지니까요. 거꾸로 꼭대기 층에서 1층으로 내려온다고 생각해보세요. 점점 더 땅에 가까워지는 만큼 남자 입장에선 안정감을 느끼겠죠. 조금만 더 참으면 담배를 필 수 있단 생각 때문에 더욱 기분이 좋을 것이고요. 저는 그래서 남자는 왜 그러냐고 묻기 전에 공부가 필요하다고 얘기해 줍니다.

Point. 5

연애 한 번 못하는
여자의 네 가지 특징

수십 번 훔쳐도 또 훔치고 싶은 것, 남자의 마음이 아닐까! 그러나 생애 단 한 번도 남자의 마음을 훔치지 못한 여자들도 있다. 인생을 통틀어 가장 건강하고 아름다울 20대를 솔로로 흘려보내다니, 정말 스스로에게 너무나 가혹한 처사가 아닐 수 없다. 지금 이 순간 내 말에 분통을 터트리는 솔로들이 눈에 선하다. 누군들 평생 솔로이고 싶어서 그런 줄 아냐고? 좋다는 사람이 없는 걸 어떻게 하냐고?

남자친구 만들기가 대통령 되는 것만큼이나 어려운 나름의 속사정이 있는 그녀들. 억울함 반, 분노 반에 가슴 치는 소리가 벌써부터 들리는 듯하다. 하지만 백날 열을 내봐야 소용없다. 그럴 시간에 차라리 애인 없는 여자들의 특징이 뭔지나 알아보자.

혹시 내게 해당사항은 없는지 냉정하게 판단하는 거다. 앞으로 가야 할 길이 좀 더 선명하게 보일 것이다!

하나, 규칙이 너무 많은 여자

애인은 없어도 애인에 대한 규칙만큼은 넘치는 여자들이 있다. 데이트 신청은 반드시 남자가 해야 한다, 처음 손을 잡기까지 100일은 기다려야 한다, 키는 얼마 이상이어야 한다, 연봉은 얼마 이상이어야 한다, 어디 출신은 싫고, 어떤 혈액형은 안 만난다… 등 그 종류도 다양하다.

물론 누구나 이상형은 있기 마련이다. 원하는 연애 방식도 다를 수 있다. 하지만 주목해야 할 점은 규칙의 많고 적음이 아니다. 그보다는 규칙에 대한 태도가 중요하다. 열린 마음으로 융통성을 발휘할 수 있는가, 그렇지 않은가는 연애에 있어 무척 중요한 변수로 작용한다.

남자의 키가 180센티미터 이상이길 원하는 여자가 있다. 그런데 우연히 키는 170센티미터도 안 되지만 꽤 다정하고 자상한 남자를 만나게 됐다. 작은 키가 걸려 처음 몇 달은 매주 데이트를 하면서도 깊이 사귀지는 않았다. 남자는 알면서도 여자의 마음이 열리길 기다려줬다. 그리고 끝내 두 남녀는 나란히 결혼식장에 들어갔다.

이 여자의 경우 키 180센티미터 이상이란 규칙은 있었지만 나름의 융통성을 발휘할 줄 알았다. 대부분의 여자들은 이런 식으로 사랑을 한다. 하지만 간혹 그렇지 않은 여자도 있다. 본인이 만들어놓은 기준에서 조금만 벗어나도 도통 마음을 열지 않는다. 마치 연애 방식에도 정도가 있는 것처럼 옳고 그름의 기준을 엄격히 갖다 대기도 한다. 사랑은 혼자서 머릿속으로 하는 게 아니거늘, 늘 혼자서만 할 수 있는 사랑을 찾고 있는 셈이다.

둘, 늘 정색하는 여자

모 케이블 프로그램에 한 모태솔로 여성이 나왔다. 외모도 예쁘장하고 말도 꽤 잘하는데 서른이 넘도록 단 한 번도 남자친구를 사귀지 못했단다. 처음 그녀를 본 진행자들은 도무지 이해가 안 된다며 고개를 갸우뚱거렸다. 그러나 시간이 흐를수록 그녀만의 독특한 특징이 보이기 시작했다. 그녀는 상대방이 자신과 조금만 생각이 달라도 급격히 정색했다. 더욱 흥미로운 건 스킨십에 대한 반응이었다. 가까이 다가가거나 스치기만 해도 소스라치는 듯했다! 누가 봐도 알아볼 정도로 빈도도 잦았다.

이 솔로모태 여성의 정색은 밀당을 하며 튕기는 것과는 전혀 차원이 다르다. 튕기는 여자는 남자에게 묘한 궁금증과 쟁취 욕구를 자극하지만 정색하는 여자는 그렇지 않다. 게다가 습관처럼 반복되는 정색은 주변 사람을 불편하게 만들었다. 상식적으로 생각해보라. 조금만 다가서려고 해도 정색하는 여자에게 마음을 활짝 열고 싶은 남자가 어디 있겠는가?

셋, 수줍음이 너무 과한 여자

여자의 적당한 수줍음은 남자로 하여금 호기심을 불러일으킬 수 있다. 하지만 너무 과하면 그것만큼 매력 떨어지는 게 또 없으니 조심해야 한다. 직설적으로 표현하자면, 너무 '수동적인' 여자는 재미없다는 말이다. 특히 요즘 같이 당당하고 자신감 있는 여자들이 많은 시대에는 더욱 그렇다.

수동적인 여자란 늘 묻는 말에만 대답하는 여자, 데이트 코스도 메뉴도 남자가 정해주길 원하는 여자, 고백은 반드시 남자가 해야 한다고 생각하는 여자, 여자이기 때문에 나서지 않는 게 덕목이라 생각하는 여자다. 그러니 인내심 없는 요즘 남자가 이런 여자를 받아줄 리 만무하다.

내키면 스스로 얼마든지 공주 대접을 해주는 게 남자다. 하지만 이런 남자도 수동적으로 타고난 여자는 도리어 피곤해 한다. 너무 수동적인 여자에겐 아예 별 흥미를 느끼지 못한다. 하지만 정작 이런 타입의 여자들은 사태의 심각성을 모른다. 자신은 단지 소극적이고 수줍음이 많을 뿐이라고만 생각한다. 때문에 언젠가 자기를 알아보는 남자가 거침없이 대쉬해줄 거라 기대한다. 뭔가 단단히 착각하고 있는 것이다. 혹시 얌전해 보이는데도 남자들의 관심 세례를 받는 여자가 있다며 반문하고 싶은가? 그렇다면 다시 찬찬히 살펴보라. 그녀가 절대 수줍어만 하지 않음을 알 수 있을 것이다. 수줍음을 가장한 밀고 당기기를 하거나 최소한 관심 있다는 신호라도 보낼 가능성이 높다.

넷, 남자친구 없는 게 습관이 된 여자

남자친구 없이도 뭐든 혼자 척척 해내는 여자가 있다. 스스로 못질도 하고 무거운 것도 잘 옮기는 여자. 혼자서도 잘 먹고 알아서 건강 챙기는 여자. 실로 대견하지 않을 수 없다. 그런데 남자친구 없이 늘 혼자서 잘 살아온 여자는 앞으로도 남자친구가 없을 가능성이 높다.

자, 이제 그녀들의 진심을 들여다보자. 사실 이들도 남자친구를 원하기는 한다. 하지만 없으면 안 될 것 같다는 절박함은 없다. 이유는 단순하다. 그동안도 늘 없어왔기 때문이다. 그러니 당장 남자친구가 없다고 해서 그리 아쉬울 게 없다. 이런 이유로 오랫동안 남자친구가 없었던 여자보다 최근에 이별한 여자가 더 외로움을 느낀다. 늘 대화를 나누던 친구가 하루아침에 사라지니 적적하고, 집까지 데려다 주던 친구가 사라지니 불편한 것이다. 누군가의 빈자리를 가슴 시리도록 느낄 줄 알아야 그 공간을 채우고도 싶은 법! 남자친구가 없어도 더 이상 외로움을 느끼지 않는 만성 싱글이 되지 않도록 조심 또 조심할 일이다.

눈 높은 싱글女를 위한 전략 편

엄친아 공략 프로젝트

Point. 1

자체발광
엄친아를 알라

- **킹카** 외모가 빼어나게 잘생긴 남자
- **엄친아** 엄마 친구 아들. 집안 좋고 성격 밝은데다 공부도 잘하고 인물도 훤한 남자
- **완소남** 꽃미남 같은 잘생긴 얼굴에 조각 같은 몸매를 지닌 남자
- **훈남** 보고 있으면 훈훈해지는 남자. 미남보다는 광범위한 개념의 볼수록 정이 가는 남자
- **꼬픈남** 꼬시고 싶은 남자
- **차도남** 차가운 도시 남자. 수트가 잘 어울리며 전문직의 경제력이 있는 시크한 남자

언제부턴가 인기 있는 남자를 표현하는 각종 신조어들이 등

장하고 있다. 별칭도 얼마나 잘 갖다 붙이는지 그 순발력에 피식 웃음이 나올 정도다. 그런데 이렇게 쭉 늘어놓고 보니 세상 참 많이 바뀌었다는 생각이 든다. 시대와 국경을 뛰어넘어 인기 있는 남자의 1순위는 단연 경제력이었다. 근근이 먹고 사는 게 걱정이던 시절엔 더욱 뚜렷했다. 그리고 언제부턴가 사람들의 살림살이가 좀 나아지자 잘생긴 남자가 인기를 끌기 시작했다. 가볍게나마 "그 남자 킹카야?"라는 질문이 "그 남자 부자야?"를 앞지르기 시작했으니까.

그런데 최근 들어서는 단순히 돈이 많거나 잘생겼다고 해서 최고의 남자라고 인정받지는 못하는 게 사실이다. 그 이상의 뭔가를 '두루 갖춘 남자'를 원하는 세상이 온 것이다. 이런 세태를 반영하듯 TV 채널마다 경쟁적으로 잘난 남자들을 발굴해 대거 출연시키고 있다. 각종 맞선 프로그램은 기본이요, 남자 한 명을 눈앞에 세워두고 여자들 여럿이서 대놓고 조건을 따지는 커플매칭 프로그램도 등장했다. 어디 그뿐일까? 회전 초밥 식당에서나 볼 법한 컨베이어 벨트 위에서 여자의 간택을 받기 위해 남자들이 경쟁을 펼치는 프로그램, 상위 1퍼센트 엄친아의 입이 떡 벌어지는 라이프스타일을 소개하는 프로그램도 있다. 이런 방송을 보다보면 취향에 따라 남자를 고르는 재미가 제법 쏠쏠하다고 느끼게 된다.

세상이 이렇게 바뀌니 싱글녀들도 점점 새로운 사실에 눈 뜨게 됐다. 더 이상 백마 탄 왕자님이 동화 속에만 있지 않다는 것, 잘만 살펴보면 그리 멀지 않은 곳에 있다는 걸 깨달은 것이다. 그래서 상위 1퍼센트의 엄친아를 보며 이런 생각도 하게 됐다.

'누군가의 애인이 될 수 있다면 나의 애인이 될 수도 있지 않을까?'

대놓고 탐내지는 못해도 그렇다고 해서 포기하고 싶지도 않은 마음이 생긴 것이다. 하긴 밑져야 본전이지 않겠는가? 조금은 뻔뻔하게 그들을 공략해보는 거다. 아님 말고!

엄친아, 당신의 비밀을 알려줘!

누누이 강조하건대 상대를 공략하기 위해선 상대에 대한 정보부터 정확히 파악해야 한다. 엄친아도 예외는 아니다. 보통의 남자와는 차별되는 그들만의 독특한 세계, 이것부터 이해할 필요가 있다. 과연 엄친아는 어떤 부류의 남자일까? 이상일 박사의 해석을 참고해보자.

이상일   요즘 주목받는 엄친아. 분명 예전에 남자들이 갖추어야 했던 조건과는 다른 특징들을 갖추었죠. 재력은 물론 외모, 성격, 취향 무척 종합적으로 갖추어야 하니까요. 그런데 이런 다양한 조건의 핵심은 무엇보다 '양면성'에 있습니다. 남자가 단순히 남자답지 않은 모습을 보인다는 건데요. 여자들이 지닌 강점, 예를 들면 풍부한 감성이나 섬세함 등을 두루 갖췄단 겁니다. 잘생기고 남자답고 학벌이나 재력이 좋은 남자가 섬세하기까지 해요. 커피를 타주더라도 "커피 타 드릴게요"라고 하지 않고 "어떤 커피를 좋아하세요?" "시럽은 넣을까요? 넣지 말까요?"라고 말합니다.

좀 더 예를 들어볼까요. 어린 시절부터 태권도와 유도를 익힌 듬직한 남자가 있어요. 그런데 이 남자 일주일에 한두 번은 취미로 색소폰을 하는 거죠. 재즈를 즐기고 재즈를 즐길 수 있는 분위기의 좋은 카페까지 줄줄 꿰고 있어요. 남자다운데 왠지 모를 로맨틱함이 묻어나죠. 이런 남자가 엄친아입니다. 요즘 여자는 단순히 밥만 먹고 애만 키우며 살고 싶어 하지 않아요. 남자와 함께 여가도 즐기고 좀 더 많은 것들을 공유하길 바라죠. 그렇기 때문에 남자가 지닌 양면성을 발견할 때 강력한 매력을 느낍니다.

또 다른 엄친아의 특징은 주목받는 데 익숙하단 점입니다. 적어도 자기 주변에서는 늘 주목받아 왔겠죠? 공부를 잘해서, 돈이 많아서, 운동을 잘해서, 매너가 좋아서… 다양한 이유로 사람들에게 주목받는 데 익숙해져 있어요. 자연스레 그들의 성격 기저에는 자부심이라는 강력한 무기가 자리하게 되죠. 자부심이 있는 사람은 상대적으로 뭔가에 대한 아쉬움이 적은 편이에요. 뭔가를 아쉬워하는 것에 익숙하지 않죠. 엄친아를 공략하는 여자들이 특별히 유념해야 할 점입니다. 그는 당신이 별로 아쉽지 않다는 전제하에 출발해야 합니다.

이상일 박사의 얘기를 종합하면 다음과 같다. 엄친아란 남들이 하나도 갖추기 힘든 자질을 두루 가지고 있으면서 양면성의 매력을 갖춘 남자다. 자신의 장점을 잘 알고 있을 뿐만 아니라 주위의 주목을 받는 데 익숙한 특징이 있다.

내게 맞는 엄친아를 공략하라

'주목받는 데 익숙하고 아쉬울 게 없는 남자' 이런 부류는 뭔가가 사라져 빈 구석이 생기더라도 금세 대체해서 채우며 살아온 사람들이다. 당장 주식으로 손해를 봐도 그 이상의 땅이 있고, 마실 와인이 없어도 꼬냑은 있는 사람이라고 할까? 이들에게는 '여자'도 예외는 아니다. 사랑하던 여자가 떠나더라도 주변엔 늘 괜찮은 여자들이 기다리고 있다. 단, 여기서 헷갈리지 말아야 할 건 엄친아가 진실한 사랑을 하지 않는다는 뜻은 아니라는 점이다.

다만 사랑이 떠나가더라도 또 다른 사랑이 찾아오기 쉬운 환경적 특징이 있단 뜻이다.

어쨌든 사정이 이러하다 보니 엄친아를 공략한다는 건 위험 부담이 큰 게임에 도전하는 것과 같을 수밖에 없다. 유혹하기도 어렵지만 관계를 유지하기도 힘든 게 이 때문이다. 이런 이유로 이들을 공략하기에 앞서 내가 감당할 수 있는 타입인지 살펴보라고 권하고 싶다. 나와는 전혀 맞지 않을 또는 내가 용인할 수 없는 타입이라면 함부로 덤비지 않는 게 상책인 것이다. 감당할 수 있는 엄친아인지 아닌지를 따지는 건 단순히 나보다 조건이 좋은지 아닌지를 따지는 것과는 다르다. 기왕 엄친아를 공략하기로 한 이상 제아무리 잘난 조건의 남자도 충분히 도전할 수 있다.

정작 따져보아야 할 건 따로 있다

엄친아 K군은 잘생기고 성격도 좋고 능력 있는 대단한 남자다. 특히 부모님은 뛰어난 경제력을 갖춘 가정의 화합을 무척 중요시하는 분들이다. 그리고 이런 조건을 가진 K군을 탐내는 싱글녀 A와 B가 있다. 한 명은 K군과 결혼까지 해서 행복하게 살 수 있고 다른 한 명은 얼마 못 가 이혼할 운명이다. 같은 조건의 남자인데 대체 어떻게 이런 다른 결말이 나올 수 있을까? A와 B의 성향을 보면 알 수 있다.

　A는 평소 옷, 가방, 보석을 좋아하는 쇼핑 마니아다. 영화 관람이나 사색보다는 예쁜 물건을 모으면서 더 큰 만족을 느낀다. 부모님의 지극한 사랑과 관심 속에서 자랐고, 부모님은 그녀가 누굴 만나고 무엇을 먹는지, 어떤 고민이 있는지 속속들이 알아야 직성이 풀린다.

　반대로 B는 자유로운 영혼의 소유자다. 그녀 역시 쇼핑을 좋아하는 보통의 젊은 여성이지만 홀로 사색에 빠질 때 더 큰 기쁨을 느낀다. 집안 분위기도 무척 자유로운 편으로 자라면서 부모님은 되도록 사생활에 간섭하지 않으려 했고, 주체적으로 사는 태도를 응원했다.

　자, 이제 A의 입장에서 K군은 어떤 조건의 남자인지 따져보자. 그는 모든 걸 갖췄지만 딱 한 가지 아쉬운 것이 있다. 가족의 화합을 중요시하는 부모님의 지나친 간섭이 마음에 걸리기 때문이다. 매주 가족 행사는 왜 이리 많은지, 살림살이에 웬 잔소리가 그리 많은지 이해가 가질 않는다. 하지만 아무리 그래도 좋다. 시부모님이 간섭은 할망정 제대로 쓸 줄 아는 통 큰 분들이니까. 슬슬 인내심에 한계가 올 때쯤이면 평소 갖고 싶던 가방이며 보석을 새아기 선물이라며 사다 주신다. 아, 이처럼 행복할 수가! 쇼핑 마니아인 A는 시부모님의 간섭쯤이야 충분히 견딜 수 있다. 어차피 결혼 전부터 부모님의 간섭에 잘 단련되지 않았는가!

이번엔 B의 입장에서 K군의 조건을 바라보자. 모든 걸 갖춘 사랑스런 남자지만 절대 견딜 수 없는 큰 단점이 있다. 바로 간섭이 지나친 시부모님이다. 매주 각종 가족 모임을 만들어 쉴 수 없게 만드는 시부모님. 감 놔라 배 놔라, 먹는 것 하나 입는 것 하나까지 잔소리하는 시부모님과 1분 1초도 같이 있고 싶지 않다. 평생을 자유롭게 살아온 내가 나이 들어서 이게 무슨 고생인가 싶어 불행하다. 못 참고 뛰쳐나가는 건 시간문제일 뿐이다.

자, 이제 좀 감이 오는가? 누가 봐도 멋진 엄친아 K지만 여자의 성향에 따라 백마 탄 왕자님이 될 수도, 지옥문을 여는 저승사자가 될 수도 있다. 과연 당신이 도전하려는 엄친아는 왕자님인가, 저승사자인가? 지금 당신이 꿈꾸고 있는 엄친아, 반드시 한 번쯤 스스로 감당할 수 있는 남자인지 생각하는 시간을 갖길 바란다.

상류층 여성의 '이상적인 배우자의 조건'

상류층 성혼전문 업체 디 노블에서 소위 골드미스라 불리는 전문직, 상류층 여성을 대상으로 '이상적인 배우자의 조건'에 대해 물었다. 그 결과 '경제력' '비슷한 환경' '여가생활을 함께 할 수 있는 여유'가 베스트 3로 꼽혔다. 경제력은 말 그대로 경제적 조건을 본 것이고, 비슷한 환경은 집안이나 성향 등에 대한 조화를 반영한 것이다. 그럼 그렇지, 당연한 결과라고? 하지만 베스트 3의 순위를 보면 생각은 달라질 것이다.

경제력이 3순위(11%), 비슷한 환경은 2순위(21%) 그리고 압도적인 비율로 '여가생활을 함께 할 수 있는 여유'가 1순위(37%)를 차지했다. 주말에 즐기는 문화나 공연 같은 여가생활뿐 아니라 평일에도 야근이 잦지 않고 함께 무언가를 할 수 있는 남자. 요즘 골드미스들이 가장 선호하는 엄친아의 덕목인가 보다.

- **1위** 여가생활을 함께할 수 있는 여유_37%
- **2위** 비슷한 환경_21%
- **3위** 경제력_11%
- 기타_31%

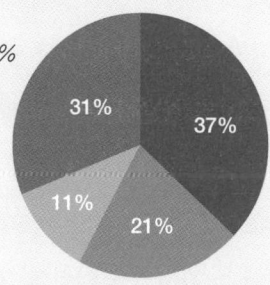

Point. 2

엄친아,
대체 어디서 만나니?

실로 엄친아 전성시대라 할 수 있다. 친구의 친구의 남친 중에도 있는 것 같고, 우리 오빠의 선배 중에도 있다는 소문을 들은 것 같다. 이렇게 한 다리만 건너면 엄친아들의 소식이 들린다. 하지만 막상 주변을 살펴보면 그리 호락호락하게 보이지 않는다. 희소성 있는 귀하신 몸들인 만큼 공들여야 만날 수 있나보다.

엄친아 공략에 가장 중요한 건 어찌 보면 '만날 기회'를 얻는 것일지도 모른다. 가능한 많이 만날수록 공략의 성공률도 높아진다. 엄친아를 많이 안다고 한들 콧대 높은 그들이 눈길이나 주겠냐고 걱정할 수도 있다. 그래서 이런 것도 공략법이 되겠나 싶을 것이다. 하지만 단언컨대 '기회'를 만드는 것이야 말로 가장 실속 있는 공략법이다.

당신이 원하는 건 모든 엄친아들의 사랑이 아니다. 당신을 사랑해줄 딱 한 명의 남자만 있으면 된다. 그런데 여자의 마음이란 게 몇 번의 소개팅 실패만으로 이 중요한 사실을 망각하게 만들기도 한다. 당장의 성공률에 좌절하거나 낙담하고는 '난 안 되나봐' 포기하는 것이다. 하지만 생각해보라. 어차피 내가 사랑하고 나를 사랑해줄 딱 하나의 사랑만 얻으면 되는 게임이다. 당신만의 운명적인 인연을 만날 때까지 가능한 많은 기회를 준다고 해서 마음 상할 필요는 없다.

엄친아, 노는 물이 다르다!

엄친아의 기준을 따지고 들면 한도 끝도 없다. 사람의 관점에 따라 달라지는 상대적인 개념이기 때문에 모두가 인정하는 엄친아는 존재하지 않는다. 그러나 실제로 다수의 사람들이 인정할 만한 입소문 난 엄친아들은 있다. 그리고 이들에게 공통적으로 선호하는 취향이나 공간 있는 건 부정할 수 없다. 흔히 '노는 물이 다르다'는 말을 한다. 아마도 엄친아에게 가장 잘 어울리는 표현이 아닐까 싶기도 하다.

하나, 핫 플레이스를 놓치지 말자

재력이 있고 정보력 빠른 엄친아들이다 보니 음식점, 카페, 바 같은 곳을 가더라도 되도록 품질 좋은 음식과 신선한 분위기를 선호한다. 특별한 서비스와 맛을 즐길 수 있다면 비용이 많이 들더라도 충분히 가치가 있다고 여기기 때문이다. 기왕 놀고 먹고 마실 거라면 엄친아들이 선호할 만한 핫 플레이스에서 놀자.

둘, 스타일리시한 취미를 즐기자

성공을 마다할 리 없는 엄친아들. 하지만 성공을 위해 죽도록 일만 하는 삶은 이들에겐 혐오 대상 1순위이기도 하다. 집에서 빈둥빈둥 시간 때우는 것 역시 한심하게 여기기는 마찬가지다. 시간의 가치를 소중하게 여기기 때문에 하루하루를 알차게 보내려는 성향이 강하다.

그러다 보니 남들 다 하는 독서나 영화감상은 취미 축에도 못 낀다. 그 대신 자신만의 독특한 취미를 개발하기 위해 늘 부지런을 떤다. 그렇기 때문에 늘 최근 뜨는 취미거리에 대한 정보를 발 빠르게 수집해둘 필요가 있다. 예를 들면 1~2년 전부터 지금까지 주목을 받는 레포츠 '자전거'가 있다. 프로 못지않은 장비와 기술이 필요한 산악자전거도 인기고 스타일리시한 수제 클래식 자전거도 인기다. 수제 클래식 자전거의 경우 한 대 가격이 이백만 원에서 천만 원을 호가하는 데도 불구하고 웰빙 트렌드에 맞취 붐이 인 것이다. 앞으로는 취미를 하나 갖더라도 엄친아들이 주목하는 스타일리시한 종목을 즐기도록 하자.

셋, 라이프스타일에 '기왕이면'을 전제하자

당신의 모든 라이프스타일에 '기왕이면'이란 단어를 붙여보자. 기왕 놀 거, 기왕 운동할 거, 기왕 교회 다닐 거라면 엄친아들이 노는 물에서 함께 노는 거다. 특히 교회에서 엄친아를 만나면 맞선보다 성공률이 높을 수 있다. 맞선은 학력이며 집안이며 조건이 전제가 되어야 만날 수 있지만 이곳에선 조건 없이 자연스러운 만남의 기회를 얻을 수 있다. 당사자 집안에서는 신앙의 축복 속에 맺은 인연으로 여기기 때문에, 상대적으로 순탄하게 결혼 과정을 밟게 되는 효과까지 있다.

이쯤에서 훈남들의 라이프 스타일이 궁금해진다. 과연 어디서 놀고, 먹고, 생활하는지 참고 삼아 들여다보는 것도 나쁘지 않겠다.

문승환   저는 압구정 갤러리아 와인 샵 에노테카와 와인바 클라레에 자주 가는 편이에요. 바빠서 열심히 활동하진 못하고 있는데 와인 동호회 활동도 하고 있고요. 요즘엔 워낙 석박사와 협회 모임이 많아요. 모임 장소는 대부분 압구정, 청담, 논현 일대로 집중된 것 같네요. 아참, 참여하는 프라이빗 모임도 하나 있는데요. 각 분야의 전문가들로 구성된 멘토 모임이라고 보시면 돼요. 운동은 학교 근처인 안산 TSF 피트니스 클럽을 이용하고 있어요. 근방에서는 가장 시설이 좋은 것 같아요.

권용현　　　펜타포트, 월디페 같은 야외 무대를 좋아해요. 사람들의 열정과 에너지를 느낄 수 있고 좋아하는 뮤지션들을 볼 수 있거든요. 제가 즐겨 참여하는 모임도 있는데 루미안 갤러리 컬쳐 클럽이라고 청담동 루미안 갤러리에서 열리는 싱글들의 모임입니다. 미술에 관한 강좌를 곁들여서 주제별로 BBQ 파티나 마술 파티를 하기도 하죠. 자연스럽게 사람들을 만날 수 있는 계기가 되어서 좋아요. 최근엔 청담동 So, True 라고 순수 채식인들을 위한 이탈리안 메뉴가 있는 곳을 즐겨 찾아요. 맛있는 채식 피자와 파스타가 있어서 채식을 하지 않아도 가볼 만한 곳이에요. 운동은 압구정 디자이너스클럽에 있는 M애슬레틱 스퀘어에서 하죠. 지금 잠시 쉬고 있지만 다시 이용할 생각입니다. 아는 분들이 많이 생기는 장점도 있더라고요.

이런 **엄친아**도 **감당**할 수 있나?

♥ 간섭이 심하고 엄격한 재력가 집안

대부분의 상류층 집안이 여기에 속한다. 부와 명성을 유지하기 위해 많은 희생을 강요한다. 당신의 조건이 남자보다 뒤처진다면 결혼에 성공한다고 해도 두고두고 텃세를 놓을 것이다.

♥ 한 여자에게 올인할 수 없는 남자

주위에서 인기가 많은 남자다. 친구와의 모임도 많고 취미도 다양하다. 평생 실천해온 라이프스타일을 포기할 생각이 없다. 그렇기 때문에 여자친구에게만 올인할 수 없다. 어찌 보면 꽤 쿨한 남자이고 어찌 보면 매우 개인주의적인 남자다.

♥ 바람둥이는 아니지만 매너가 너무 좋은 남자

여자의 눈에는 뻔히 그를 향해 꼬리치는 여우들인 게 티가 난다. 하지만 그는 냉정하게 끊지 못하고 언제나 매너 있는 태도를 보인다. 천성적으로 착하고 예의 바른 남자란 건 알지만 보고 있자면 열불 나는 타입이다.

• Sweet Guys Interview. 06

엉뚱해서 재밌는 남자 권용현

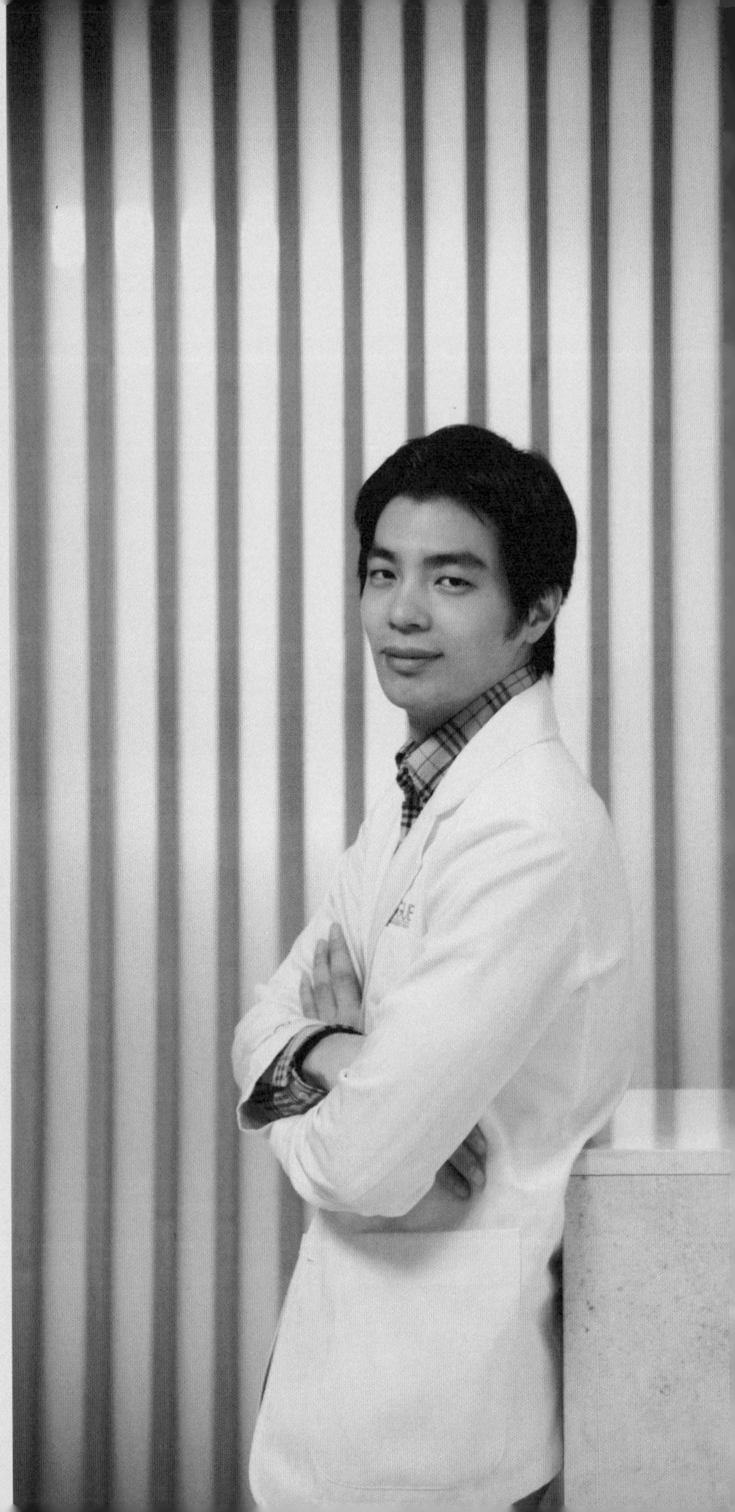

권용현의 첫인상은 왠지 모르게 색다른 구석이 있다. 말수도 별로 없고 얌전한 태도에서 젊지만 유능한 전문의 티가 폴폴 난다. 입을 꼭 다문 채 뚫어져라 상대를 응시하는 눈빛 또한 묘한 분위기를 연출한다. 그의 취미라 하면 독서나 연구일 것만 같은 생각이 떠오른다. 하지만 그가 제일 좋아하는 건 수제 초콜릿 만들기란다. 그러고 보니 대부분의 훈남들이 커피숍에서의 인터뷰를 희망했던 것과 달리 그는 한 브런치 전문점을 제안했다. 오늘의 키시와 함께 수제 핫쵸코를 주문하고는 어떤 맛일까 음미하는 모습이 꽤 신선하게 느껴진다. 그의 또 다른 취미는 태극권. 몸과 마음을 수련하는 데 그만이기 때문이다. 그의 엉뚱한 관심은 여기서 그치지 않는다. 피부과와 함께 타투 클리닉을 병행할 만큼 타투에 대한 남다른 애정과 관심을 쏟고 있다.

끝없이 솟아나는 엉뚱함의 소유자 권용현. 과연 그의 사랑이 궁금하지 않을 수 없다. 그런데 역시 그의 대답은 기대를 저버리지 않는다. 왠지 한 여자만 지득하게 사랑할 것 같은 그. 그러나 사귄 사람만 열 명이 넘는다며 과감히 털어놓았다. 소녀 같은 여자를 좋아할 것 같다는 내 말에도 의외로 대범한 타입을 좋아한다고 대답했다. 타투나 스모키 화장을 한 여자도 좋다면서 한 술 더 떠 일본식 가루화장도 괜찮단다.

"당당한 여자가 멋있지 않나요? 이런 여자 분과 스릴 있는 밀당을 즐기는 것이야 말로 연애의 묘미죠."

그를 보고 있노라면 엉뚱해서 어디로 튈지 도통 알 수가 없다. 그래서 더욱 알고 싶어지는 재밌는 남자다.

Point. 3

똑소리 나는
엄친아 공략법

　　MBC 〈역전의 여왕〉의 한 장면이 인상 깊다. 휴게실에 모인 여사원들끼리 회장 아들이자 꼬픈남인 구 본부장(박시후 역) 칭찬이 끊이질 않는다. 자연스럽게 화두는 그를 꼬실 수 있느냐 없느냐로 넘어간다. 한 직원 왈 "이런 부류는 나처럼 평범한 여자가 도도하게 튕기면 호기심 생겨서 넘어올 걸." 하지만 또 다른 직원의 생각은 다르다. "그런 사랑은 드라마에서나 가능한 거야. 현실에선 튕기면 바로 아웃이야." 당신은 누구의 말이 맞다고 생각하는가? 엄친아들은 대체 어떻게 공략해야 하는지 생각해본 적 있는가?

　　취재를 시작할 무렵 내심 엄친아를 공략하는 특별한 비법을 찾겠다는 기대가 컸다. 재력과 외모와 인기를 누리는 남자들은 뭐가 달라도 다르지 않을까 싶었다. 〈시크릿 가든〉의 현빈이나 〈풀 하우스〉의 비를 공략한 평범녀들이 성공했듯이 뭔가 남다른 비법을 찾아내 싱글녀들에게도 알려줘야겠단 사명감에 불탔다. 그런데 취재를 통해 얻은 결론은 예상 밖이었다. 유별난 엄친아라고 해서 남다른 공략법이 있지는 않았다.

의외로 평범남과 엄친아의 이상형엔 별 차이가 없었다. 그도 그럴 것이 사랑에 관한 한 남자는 여자보다 단순했다. 남자는 여자처럼 재고 따지며 과연 믿을 만한 인물인지 아닌지를 판단하는 까다로운 과정을 거치지 않는다. 그렇기 때문에 자기가 잘났다는 걸 잘 아는 엄친아라도 막상 좋아지는 건 '필' 꽂히는 여자다. 평범남도 마찬가지다. 자기 못난 줄 알아도 '필' 꽂히는 여자를 마다할 리 없는 것이다. 취재 초기의 예상과 달리 엄친아들만의 특별한 사랑 방식은 존재하지 않았다. 웃어야 할지, 말아야 할지 헷갈리는 대목이 아닐 수 없다.

엄친아 공략 5계명

평범남과 엄친아의 취향이 비슷하다고 해서 실망하지 말자. 오히려 평범한 여자들에겐 잘된 일이 아닌가? 이들의 사랑을 쟁취하는 데 특별한 자격이 필요한 건 아니니까. 여기에 엄친아들만의 독특한 공통분모가 있는 만큼 잘 살펴보면 좀 더 유리하게 접근할 수 있는 길은 있다.

하나, 애 뭐지? 의 마법을 부려봐

엄친아라는 건, 주변에 기웃거리는 여자도 많다는 뜻이다. 그렇기 때문에 남들과 같은 방법으로 접근해서는 안 통할 수 있다. 다른 여자들도 다 보내는 호감의 눈빛. 당신이 보낸다고 해서 그에게 특별하게 와 닿지 않는다. 반대로 드라마처럼 튕긴다고 해서 "애 뭐지?"라며 호기심 내지는 오기를 부리지도 않는다. 여기서 가장 중요한 건 그로 하여금 당신에게 시선이 머물게 해야 한다는 점이다. 도도하게 튕겨서 "애 뭐지?"가 아닌 궁금해서 "애 뭐지?"란 생각이 들게끔 행동해야 한다.

가령 다른 여자들은 그에게 파스타를 먹자고 하는데 당신은 근처의 맛있는 떡볶이를 먹자고 할 수 있다. 다만 SBS 〈시크릿 가든〉의 하지원처럼 남자를 끌고 돼지 껍데기 식당에 가는 건 비추다. 그에게 의외성을 보여줘 시선을 끌되 '여성성'을 벗어나진 않는 게 현실적인 공략법이다. 한마디로 돼지껍데기보다는 떡볶이나 라면 정도가 좋다는 뜻이다. 이렇듯 평소의 행동, 생각, 말에서 남들과는 다른 의외성을 보여줄 수 있도록 하자.

다시 한 번 강조하건대, "애 뭐지?"의 핵심은 튕기는 게 아니다. 튕기는 것도 의외성을 보여줄 수 있는 방법 중 하나일 뿐, 핵심은 그의 시선을 붙잡는 데 있다.

둘, 그에게 존경받을 만한 한 가지 매력은 갖추자

엄친아들은 남다른 안목과 취향을 지니고 있다. 그렇기 때문에 그의 안목에 '참 괜찮은 여자다'라는 뚜렷한 인상을 심어줄 만한 한 가지 매력쯤은 지녀야 한다. 단순히 외모를 얘기하는 게 아니다. 엄친아들이 봐도 존경할 만한 소양이 하나쯤은 필요하단 거다. 문학에 대해 깊이 있는 대화를 나눌 수 있는 학식, 특별한 악기를 연주할 수 있는 능력, 타인을 배려하는 겸손함 등의 소양을 예로 들 수 있다. 엄친아들 주변엔 잘나고 예쁜 여자가 많다. 그런 여자들 틈에서 남다른 특별함을 지닌 당신을 발견했을 때 비로소 '아, 이 여자다'라는 확신을 갖게 될 것이다.

셋, '어리광'과 '과시'의 욕구를 이용하자

엄친아들은 늘 주변의 부러움과 관심을 받는다. 이들을 실망시키지 않기 위해서라도 부단히 스스로를 관리할 수밖에 없다. 어쩌면 엄친아들은 이런 것들에 알게 모르게 스트레스를 받고 있을 수도 있다. 만약 당신이 찜한 엄친아에게 마음껏 망가질 수 있는 기회를 준다면 어떨까? 그가 작은 실수를 하거나 흐트러진 모습을 보였을 때 더욱 매력을 느끼는 모습을 보여준다면? 아마도 그는 당신과 보내는 시간 동안 남들과는 다른 편안함을 느낄 수 있을 것이다. 단, 이와 함께 알아두어야 할 점이 있다. 둘이 있을 때 흐트러지고 싶어도 남들 앞에서만큼은 있어 보이고 싶은 게 이들의 마음이다. 자신에 대한 주변 사람들의 기대가 큰 만큼 만나는 여자에 대한 주변의 기대치도 높을 수밖에 없다. 때문에 남들과 함께하는 자리에서는 어느 정도 그의 위신을 세워줄 수 있어야 한다.

넷, 부지런해지자

엄친아의 마음을 훔치는 데 성공했다면 본격적인 사랑 굳히기에 돌입해야 한다. 사실 엄친아와의 사랑은 시작하기도 힘들지만 지키는 게 더 어려울 수 있다. 그의 주변엔 늘 좋은 여자를 소개시켜 주려는 지인들이 넘쳐나고, 그의 여자라는 이유만으로 당신이 알지도 못하는 사람들의 입방아에 오르내리기 쉽기 때문이다. 그렇기 때문에 관계를 굳히려면 그에게만 올인해서는 안 된다. 오히려 주변인을 공략하는 게 현명한 태도다. 친구들, 선후배, 부모님, 형제자매 등 주변 사람들에게도 검증을 받아야만 사랑이 순탄할 수 있다. 그의 주변인을 열심히 챙기자. 그들에게도 당신의 매력을 어필해야 한다는 걸 잊지 말자.

다섯, 그가 원하는 게 '사랑'인지 '안정'인지 알아야 한다

엄친아나 평범남이나 사랑에 있어서 남자들은 무척 단순하단 얘기를 했다. 하지만 문제는 현실이 이들의 순수한 사랑을 내 버려두지 않는다는 거다. 아무래도 엄친아들 중에는 부모님이 재력이 있는 경우가 많다. 이런 집안의 특징은 결혼이 개인의 문제가 아닌 집안끼리의 약속이라는 인식이 뿌리 깊다는 거다. 부모님의 재산을 물려받아야 할 자식들인 만큼 부모님의 의견에 더욱 영향을 받을 수밖에 없다는 것 역시 현실이다. 그렇기 때문에 이런 조건의 엄친아를 공략할 때는 그 사람이 어떤 부류의 사람인지 파악하는 게 중요하다. 그가 꿈꾸는 결혼의 무게중심이 '사랑'인지, 집안의 평화와 안정 등 현실적인 조건인지 알아야 한다.

더불어 그에게 있어 당신이 '사랑'인지 '안정'인지를 냉철하게 따져보자. 그가 원하는 걸 당신이 줄 수 있다면 과감하게 어필하라. 세뇌를 하듯 대화를 통해 그에게 늘 각인시켜 주는 거다. 만약 그가 원하는 게 '안정'인데 당신이 줄 수 있는 게 사랑뿐이라면? 연애만 신나게 할 게 아닌 이상, 관계를 몇 년씩 오래 끌지 않는 게 나을 수도 있다. 서로 어느 정도 깊이 있는 대화가 오고 갈 관계가 됐다면 질질 끌지 말고 그의 의중을 살피는 게 상책일 수 있다.

Point. 4

엄친아도
진실한 사랑을 한다

예쁜 여자들이 인물값을 하듯, 엄친아들도 몸값(?)이란 걸 한다. 확실히 이들의 특수한 주변 환경은 여자들로 하여금 도전을 주저하게 만든다. 하지만 확신하건대 이들이 추구하는 사랑의 본질은 환경과는 별개의 문제다. 엄친아라고 해서 여자를 쉽게 저울질하는 건 아니다. 또 엄친아의 사랑이라고 해서 쉽게 변질되는 것도 아니다. 이들의 겉모습만 보고 함부로 재단하면 안 된다. 엄친아에게도 '순정'이란 게 있다.

김재원　　대학생 시절 영국으로 배낭여행을 간 적이 있었어요. 배낭여행 온 한국인들끼리 숙소에서 인사를 할 기회가 있었거든요. 다 함께 둘러앉아 도란도란 얘기를 나누는데 제 귓가에 유독 강렬하게 와 닿는 목소리가 있었어요. 친구와 얘기하고 있는 한 여학생의 목소리였는데 듣는 순간 섬광이 번쩍하는 듯했죠. 고개를 돌려 그녀를 보기도 전에 이런 생각이 들었어요. '아, 이 여자와 결혼하고 싶다'고요. 그러고 나서 그녀를 봤는데 목소리만큼이나 느낌이 좋은 친구였죠. 말 그대로 한눈에 반하게 됐어요. 그런데 안타깝게도 당시의 그녀에겐 이미 남자친구가 있었죠. 괜히 제 마음을 비췄다가 그녀가 거절하면 어쩌나 싶어 곁에서 바라볼 수밖에 없었어요. 그렇게 친한 오빠라는 이름으로 그녀의 곁을 지켰습니다. 장장 4년이란 세월을 가슴에 품고 있었죠. 어떻게 그 긴 시간을 짝사랑만 하면서 견뎠냐고요? 전 그녀와 사귀고 싶은 게 아니라 결혼하고 싶었거든요. 그래서 열심히 공부해서 의사 자격증도 따고 집도 사고 그녀에게 당당해지고 싶었어요. 내가 그녀를 책임질 수 있을 때, 그때 그녀 앞에 서겠다고 다짐한 거죠.

4년 후, 드디어 고백할 기회를 잡았어요. 그리고 오빠 동생 사이에서 연인 사이로 발전할 수 있었습니다. 이후로는 일사천리였어요. 오래 만날 것도 없이 6개월 만에 청혼을 했죠. 만약 그때 일이 잘 성사되었다면 지금 싱글남으로 인터뷰를 하고 있진 않았을 거예요. 하지만 제 바람처럼 되지 않았어요. 전 그녀만 바라봤는데 막상 결혼을 준비하니 주변이 문제가 되더라고요. 여러 가지 말 못할 사정으로 결혼을 포기해야 했어요. 할 수만 있다면 모든 걸 버리고 그녀와 도망이라도 가고 싶은 심정이었습니다. 하지만 그녀는 가족과 주변 사람들도 중요했고 그만큼 축복받는 결혼을 하고 싶어 했죠. 어쩔 수 없이 그녀를 떠나보냈을 때가 제가 난생 처음이자 마지막으로 목 놓아 울었을 때였어요. 그녀를 정말 사랑했어요.

김은오　　　제가 큰 교통사고를 당해 몇 달간 병원에 입원했을 때였죠. 온몸에 깁스를 한 채 꼼짝도 못하고 있는데, 사귄지 얼마 안 된 여자친구의 부모님이 모두 암 진단을 받은 거예요. 아, 어떻게 그런 일이 있을 수 있을까요? 그녀는 갑작스럽게 들이닥친 시련을 감당하기 힘들어했어요. 결국 우리는 헤어졌죠. 현실적으로 누군가와 사랑을 시작할 타이밍이 아니란 게 그녀의 판단이었습니다. 병원에 입원해 누워 있는 제가 뭐라고 하겠습니까? 그녀의 부모님이 쾌차하시길 빌며 각자의 길을 가게 됐습니다.

반년이 지나 퇴원도 하고 건강을 되찾게 됐어요. 하지만 들려오는 그녀의 소식은 늘 어두웠죠. 여전히 부모님의 건강이 말이 아니었습니다. 저는 그녀를 위해 뭔가 해주고 싶었습니다. 멀리서나마 작은 도움이라도 될 일이 없을까 고민했죠. 그러다가 마침 저희 집안에서 운영하는 회사를 통해 특별한 물을 수입할 수 있는 기회가 있단 걸 알게 됐어요. 암 환자에게 좋을 만큼 좋은 물이라고 하더라고요. 과연 실제로 효능이 있을지도 몰랐고 비싸기도 꽤 비쌌어요. 하지만 제가 할 수 있는 거라곤 그런 것밖에 없다는 생각이 들더군요. 어렵게 수입해온 물을 여자친구의 지인을 통해 전했습니다. 부담스러울까봐 제가 전했다는 건 감췄고요. 그렇게 해서라도 그녀와 부모님께 도움이 될 수 있길

기도했어요. 그냥, 그것만으로도 행복했습니다.

이기주   대학 때 첫사랑과 7년간 긴 연애를 했어요. 마음 가는 대로 정말 순수한 사랑을 했던 것 같아요. 사람들은 제 겉모습만 보고 반듯한 생활만 할 것 같다는 환상을 품기도 하지만, 당시의 저는 연애에 거칠 게 없는 청년이었어요. 드라마 대사로나 쓰일 법한 "애기야, 가자" "여기 스물두 명의 여자 중 네가 제일 예뻐" 같은 손발이 오그라드는 닭살 멘트도 곧잘 했죠.

그런데 지금의 저는 그때처럼 쉽게 마음을 열지 못하는 것 같아요. 나이가 들수록 세속적인 것들에 물드는 것 같아서 서글프죠. 특히 소개팅에 나가서 상대의 외모와 조건을 따져보는 자신을 느낄 때 이런 기분은 더 심해져요. 그래서 그게 너무 싫어 이제는 그 많은 소개팅 제의도 다 거절합니다.

인연

이기주

"결혼에 대한 확신이 생기더라.
놓쳐선 안 될 인연이라는..."

대학 졸업 후 수없이 가벼운 연애를 반복하다, 얼마 전 기적과 같이 결혼한 한 친구의 말이다. 녀석 말이, 자신의 결정(결혼)을 정당화(?)하려는 그럴듯한 말장난일지 모른다는 생각도 들었지만 어쩐지 절로 고개가 끄덕여졌다.

아무튼 도대체 인연(因緣)이 뭘까. '인연'이 우리 인생에서 갖는 함의(含意)는 무엇인가. 친구의 말처럼, 특히 남녀 사이의 인연은 한눈에 알아볼 수 있는 '번쩍'하는 섬광과 같은 것인가.
그 인연을 만나면 연애와 결혼이 술술 풀리는 것인가. 억지로 애쓰지 않아도 만날 인연이면 내게 다가오는 것일까. 어떤 만남과 헤어짐에는 로직이나 알고리즘이 존재하는 것일까. 꼬리에 꼬리를 무는, 해답 없는 의문만 맴돈다.

물론 누군가 "쳇, 인연 같은 게 어디 있어"라고 주장하면 나도 딱히 할 말은 없다. 하지만 첫눈에 자신의 인연을 알아볼 수 있다면, 당장의 외로움에 힘들어하지 않아도 되고 스쳐지나가는 내 인연을 사력을 다해 붙잡을 수 있을 것이다. 그리고 그 인연과 마주치면 유치하지만 이런 식으로 말해보는 건 어떨까.
"사실, 전 오래 전부터 당신만을 기다리고 있었어요"라고.

아, 너무 편의주의적이고 손발이 오그라드는 발상인가!

연애의 고수 편

그 남자와 결혼하고 싶을 때

Point. 1

연애하고 싶은 여자, 결혼하고 싶은 여자

나이, 직업, 생활 패턴은 물론 남자 취향까지도 다른 2030 싱글녀들이 모였다. 모임의 주최자인 나를 제외하고는 서로 본 적도 없는 사이다. 그러나 '사랑과 연애, 그리고 결혼'이라는 주제를 던지자 금세 편안한 분위기 속에서 대화가 무르익었다.

최은하 · 1980 사랑, 첫 데이트만 성공리에 마치면 더 이상 문제는 없는 걸까요? 사랑에도 '안전지대'란 게 존재한다고 생각하는지 궁금해서요.

김유미 · 1987 돌이켜 보건대 사랑은 끊임없이 서로의 감정을 확인해야 하는 과정 같아요. 상대의 존재감이 얼마나 큰

지 체크하게 되니까요. 그런데 어떻게 안전할 수 있겠어요?

최은경 • 1983   언젠가는 안전할 거라 믿기 때문에 사랑하는 거 아닌가요? '영원히 오래오래 행복하게 살았답니다'라는 말이 그런 희망 때문에 생긴 거 아니겠어요?

박나영 • 1981   현실을 봐요. 오래 사랑했다고 해도 어느 순간 실망이 쌓이고 다른 곳을 바라보게 되면 끝이잖아요. 사귀기 시작했다고 해서 그 다음부터 일사천리일 리가 없죠.

김령언 • 1980   그럼, 처음 누군가와 사랑할 때처럼 대쉬란 걸 끊임없이 해야만 사랑을 지킬 수 있나요?

김은잔 • 1980   안전할 거라고 기대하며 살아야 행복하겠지만 또 한편으론 마음 놓고 있어선 안 될 것 같아요. 미처 생각 못했는데… 어쩌면 사랑이란 끊임없는 대쉬일 수도 있겠네요.

당신, 상대의 마음을 훔치는 데 성공했는가? 그리고 혹시 몇 번의 데이트 성사로 그와의 사랑이 완성됐다고 생각하는가? 그

렇다면 당장 그 무모한 자신감은 버려라. 사람과 사람이 만나 끊임없이 서로의 감정을 교류하는 과정이 사랑이다. 무한대의 인피니티(∞)와 같다고나 할까! 그래서 지금까지 줄곧 사랑의 시작을 얘기해 왔다면 앞으로는 어떻게 예쁘게 키워나갈 수 있을지 얘기하고자 한다. 괜한 오해로 인한 다툼을 피하기 위해, 권태기를 감지하고 극복해내기 위해, 결혼을 머뭇거리는 그에게 확신을 심어주기 위해…. 우리는 끊임없이 대쉬해야만 한다. 연애 지침의 궁극적인 목적은 사랑의 '시작'뿐 아니라 '과정'과 '끝'을 위한 것이기도 하다.

연애하고 싶은 여자

여자들이 흔히 범하는 오류 중에 남자친구와 오래 만나다 보면 자연스럽게 결혼도 하게 될 거란 믿음이 있다. 하지만 나는 '때가 되면 내게 프러포즈하겠지'라고 철석같이 믿고 있다간 큰 코 다치기 십상이라고 말해주고 싶다. 사실 결혼만큼 타이밍이 중요한 게 또 없기 때문이다. 만난 지 몇 달 안 된 커플이라도 필요성을 느끼는 시기에 만나면 일사천리로 결혼이 성사된다. 그러나 10년 가까이 만난 사이라 하더라도 서로가 원하는 '타이밍'이 엇갈리면 그것으로 끝일 수도 있다.

결코 만난 기간과 결혼의 가능성이 비례하는 것은 아니다. 또 하나 생각해봐야 할 문제는 결혼이라는 큰일 앞에선 남자들도 여자들을 재게 된다는 것이다. 사랑하는 마음 하나만으로 선뜻 결혼을 결심하기는 힘들다. 내 아이의 엄마가 될 자격이 있는지 좋은 며느리가 되어 줄 수 있는지… 깊은 고민을 거친다. 그렇기 때문에 당신이 하고 싶은 게 결혼이라면 그에게 결혼하고 싶은 여자로 보여야만 한다. 인류대사 결혼! 놓치고 싶지 않은 남자가 있다면 바짝 긴장의 날을 세울 필요가 있다.

남자들이 연애는 하고 싶어도 결혼은 망설이게 되는 여자들의 타입이 있다. 연애만 하고 싶은 여자의 특징을 살펴보면 결혼을 생각하는 남자들이 어떤 고민들을 하는지 이해할 수 있을 것이다.

첫째, 예쁘고 섹시하다. 그런데 옷 입는 스타일은 더욱 섹시하다!

하의실종 초미니 스커트나, 깊게 파인 민소매를 과감하게 걸치고 밖으로 나오는 여자. 길 가던 남자들이 고개를 돌려볼 만큼 주목받아도 아랑곳하지 않고 노출을 즐기는 여자가 여기에 해당된다.

둘째, 애교가 뛰어나다

단, 애교의 목적이 남자로부터 뭔가를 얻기 위함이다! 다른 사람과 놀지 말고 나와만 놀자고, 내가 갖고 싶은 명품 좀 사달라고, 엄마나 친구들보다는 내 뜻대로 행동해 달라고, 자신의 목적을 이루기 위해 갖은 애교를 부린다. 안 통할 것 같다 싶으면 관철될 때까지 생떼를 부리기도 한다.

셋째, 돈을 잘 쓴다

특히 쇼핑에 쓰는 돈은 절대 아끼지 않는다. 옷, 신발, 가방 외에도 남자는 이해 못할 품위 유지를 위한 쇼핑 리스트가 늘 대기 중이다. 또 쇼핑을 할 땐 주로 남자친구를 불러내 짐꾼 노릇을 시킨다.

당신이 이런 모습을 자주 보였다면 남자친구는 속으로 어떤 생각을 하고 있을까? 냉정하게 말하건대 열이면 아홉은 당신에게 프러포즈할 생각이 없을 것이다. 남자는 본능적으로 건강한 아이를 낳아주고 착실하게 가정을 꾸릴 수 있는 여자를 원하기 때문이다. 과소비를 하는 여자를 보면 거부감 내지는 부담감을 느끼기도 한다. '과연 이 여자를 책임질 수 있을까'란 의구심 때문이다. 여자친구에게 이런 모습을 자꾸 발견하다 보면 아무리 사랑이 깊다고 해도 결혼만큼은 망설일 수밖에 없다.

결혼하고 싶은 여자

남자는 여자친구의 어떤 점에 끌려 결혼을 결심할까? 가장 단순한 논리를 들면, 당신이 '연애만 하고 싶은 여자의 조건'에 해당되지 않으면 된다. 그런데 스스로 문제가 없다고 느낌에도 불구하고, 필살 매력을 어필하지 못해 조바심이 든다면 어떻게 대처해야 할까? 적어도 남자친구 앞에서 당신의 불안감을 내색하지는 말자. 도움이 되기는커녕 오히려 관계를 망쳐버릴 수도 있다. 대신 지금부터 내가 제안하는 방법을 시도해보자.

첫째, 남자친구의 가족을 극진히 살피자

남자들은 다 똑같다. 본인은 불효자일망정 며느리만큼은 시부모님께 잘해야 한다는 생각을 갖고 있다. 별로 내키지 않더라도 상대의 부모님을 자주 찾아뵙고 가족들과도 친분을 쌓도록 하자. 장을 보러 갈 때 함께 가서 짐을 들어드린다든지, 어머님 음식 솜씨를 배워보겠다고 나서는 식이다. 가족에게 싹싹하게 잘하는 여자친구를 보면 결혼에 별 관심이 없던 남자도 갑자기 결혼하고 싶어지기 마련이다.

물론 이렇게 남자친구의 가족과 교류를 할 때도 주의할 점은 있다. 절대 그의 가족에 대해 험담을 해서는 안 된다. 이 부분에 있어서만큼은 그 어떤 타협점이나 예외가 있을 수 없다. "당신 가족은 왜 그래"라는 말은 금기어 중의 금기어다. 사귈 때도 결혼해서도 반드시 피해야 할 말이다.

또 한 가지 주의할 점, 아무리 남자친구의 가족과 친해진 것 같아도 가족 앞에서 함부로 그의 험담을 해서는 안 된다. "어머님, 그이는 대체 왜 그래요?" "언니, 그 사람이 어제 이런 거짓말을 한 거 있죠?" 같은 불만을 쉽게 내뱉어서는 안 된다. 당장은 그들이 내 편인 것 같지만 결국은 자기 아들, 자기 남동생이 더 중요할 수밖에 없다. 소소한 험담도 절대 입 밖에 내지 말자.

둘째, 남자친구를 세뇌시키자

평소 누누이 '더 이상 나만한 여자는 당신한테 없다'는 생각을 심어주도록 노력한다. 시도 때도 없이 은근히 그리고 자연스럽게 말이다. 그로 하여금 당신이 특별할 수밖에 없는 이유를 만들어주자. 당신이 가장 자신 있는 요리를 했을 때, 감탄하는 그에게 이렇게 이야기 해보라.

"당신이 맛있게 먹어줘서 다행이야. 내 남자 동창 중에는 신혼 초인데 늘 굶고 다니는 애가 있거든. 아내가 너무 요리를 못해서 그렇대. 하긴, 결혼했는데 여자의 요리가 형편없으면 평생 불행인 걸지도 몰라."

이렇게 우회적으로 당신을 만난 게 다행이라는 메시지를 기억하게 만드는 거다. 남자가 무심코 당신의 말에 동조했다면 이

때를 놓치지 말고 한 번 더 굳히기에 들어가도 좋다. "이렇게 요리 잘하는 여자 못 봤지?"라며 대놓고 귀염을 떨어도 괜찮다. 이 밖에도 방법은 많다. 남자로 하여금 이만큼 꼼꼼하게 챙겨주는 여자가 없다는 생각이 들게 하거나 아무리 힘들어도 곁에 있어줄 것만 같다는 신뢰감을 줄 수도 있을 것이다. 관건은 묵묵히 보이지 않게 실천만 하지 말고 적절히 티를 내는 데 있다. 그가 무심코 지나칠 수 있는 당신의 장점을 특별하게 여기도록 만들어주는 것이다.

셋, 남자친구의 어머니를 벤치마킹하자

상대가 어떤 배후자감을 원하는지 알고 싶다면 도토리 알밤 모으듯 어머니에 대한 정보를 열심히 모아보자. 이상일 박사는 남자는 여자에게서 어머니와 닮은 점을 발견했을 때 결혼하고 싶은 마음을 굳힐 가능성이 높다고 말한다. 설사 남자가 어머니 같은 타입을 이상적으로 여기지 않는 것 같더라도 상관없다. 자신도 모르게 어릴 적부터 늘 봐왔던 모습을 여자친구에게서 찾게될 것이기 때문이다. 그에게 어머니의 타입에 대해 자주 듣도록하자. 어머니의 어떤 모습들을 추억하는지, 어떤 요리를 좋아하는지도 알아두는 거다. 어느 순간 어머니와 꼭 닮은 장점을 가진당신을 보면서 그는 결혼하고 싶다는 생각을 하게 될 것이다.

자, 이제 나만의 필살기를 써먹을 준비가 되었는가? 세 가지 방법만 잘 익혀도 당신은 프러포즈받는 여자가 될 것이라 믿어 의심치 않는다. 여기에 한 가지 덧붙이고 싶은 충고가 있다. 너무 의욕이 앞서는 바람에 마음에도 없는 행동과 말을 남발하지는 말라는 것이다. 필살기란 상대에게 행하는 당신의 '기술'이다. 기술과 진심이 너무 따로 놀다 보면 부작용이 생길 수밖에 없다. 자칫 잘못 그를 향한 당신의 노력이 가식적으로 비쳐 낭패를 볼 수도 있다. 운 좋게 결혼에 성공하더라도 본래 당신의 성향과 맞지 않는 결혼 생활 때문에 불행해질 수도 있다. 그러니 진정으로 자신이 원하는 삶을 위한 기술이어야 한다. 거짓으로 내키지도 않는데 좋다고 하거나, 지키지도 않을 약속을 해서는 안 된다. 기쁠 때나 슬플 때나 평생 함께하겠노라고 맹세하는 게 결혼이다. 그만큼 서로에게 신중해져야 할 순간임을 명심하자.

Point. 2

연애만 7년째!
이제는 결혼하고 싶다!

요즘 남자는 나이 서른에 결혼을 해도 장가 참 빨리 간다는 소리를 듣는다. 그만큼 혼기가 꽉 차도록 결혼을 미루는 남자들이 많아졌다. 남자의 미학이란 단순함이라 말해도 과언이 아니거늘, 그들은 대체 무슨 연유로 결혼을 방관하는 걸까?

문승환　　어릴 때는 지금에 비해 여자에게 꽤 열정적이었어요. 대쉬할 때도 더 헌신적이었고, 사귀면서도 간섭을 많이 했죠. 헤어질 때 이별을 인정하는 것 역시 오래 걸렸고요. 그런데 나이가 들수록 포기가 빨라지는 것 같아요. 이건 저뿐 아니라 요즘 남자들 대부분이 그런 것 같아요. 결혼에 있어서도 마찬가지에요. 결혼에 골인하려면 나름의 열정이 필요한데 앞만 보며 달리기에는 생각이 너무 많아진 것 같아요. 사실 결혼이 너무 하고 싶거든요. 이 나이 되고 보니 인생의 동반자를 만나고 싶단 생각이 절실해요. 그럼에도 불구하고 이 사람과 만나서 플러스가 되어야 한다는 생각이 있어요. 둘이 만나 마이너스가 되는 건 싫은 거죠.

더 솔직히 말할까요. 예전엔 상대의 느낌이 얼마나 좋은지가 중요했어요. 그런데 이젠 느낌도 좋아야 하고 능력도 있었으면 좋겠어요. 특히 저는 진취적인 타입을 좋아하거든요. 버는 돈의 많고 적음이 문제가 아니라, 능력을 발휘해서 자신의 일을 열심히 하는 여자가 좋더라고요. 이런 면까지 두루 생각하니까 결혼이 더욱 신중해지죠. 그래도 여자가 남자를 고르는 조건들에 비하면 심플한 편 아닌가요? 남자는 자기 마음에 드는 여자를 만나면 어느 정도 다른 조건들에 대해 관대해지잖아요. 나름의 순수함이란 게 있다고 믿어요.

김재원　　제 30대 목표가 돈 나무를 키우는 겁니다. 기둥을 심고 튼튼한 뿌리를 내리게 하고 쭉쭉 자라게 하고 싶어요. 언젠가는 그냥 둬도 탐스러운 열매를 주렁주렁 열 수 있는 그런 돈 나무를 키우는 것이지요. 그래야 40대에 마음껏 아프리카의 광활한 대지를 누빌 수 있지 않겠습니까? 그리고 돈 나무를 키운 뒤의 꿈이 결혼이었죠. 결혼은 필수라고 생각했어요. 그런데 지금은 달라요. 돈 나무를 키우고 다음에 반드시 결혼일 필요가 있나 싶은 거죠. 물론 전 독신주의자는 아니에요. 다만 정말 결혼하고 싶은 여자를 만났을 때 결혼하고 싶다는 겁니다. 혼기가 찼다는 이유로 타협해서 결혼하고 싶지는 않아졌어요. 그래서 결혼하고 싶은 여자는 열심히 찾고 있냐고요? 네, 열심히 찾고 있습니다. 되도록 여자 분들과 교류할 수 있는 모임에 참석하려고 하고, 소개팅도 열심히 해요. 그런데 나이가 들수록 눈이 높아지는 것 같네요. 이것저것 조건을 따져서 눈이 높아졌다기보다는 마음을 쉽게 못 연다는 거죠. 예전엔 이 정도면 사귀고 싶고 사랑하고 싶었는데 이제는 머뭇거리게 된다고 할까요? 아, 결혼까지 갈 길이 정말 아득하네요.

결혼이 너무나 하고 싶다는 남자. 반드시 해야 할 필요는 못 느낀다는 남자. 서로 다른 듯 닮았다. 요즘 남자에게 결혼은 더 이상 때 되면 해야 하는 게 아닌가보다. 인생에 있어 결혼이 얼마나 중차대한 결정인지 알고 있기에 조금 멈칫하게 되더라도 신중하고 싶나보다. 그래서 요즘 남자들은 독신주의자와 닮은 구석이 많은가보다. 독신주의자는 아니지만 그들만큼이나 까다로운 남자들. 나는 그래서 그들을 '잠정적 독신주의자'라고 부르기도 한다.

독신주의자 애인과 결혼에 성공하기

나는 결혼이 급한데 그는 급해 보이지 않는 상황. 심지어 대놓고 독신주의자라는 남자와 사랑에 빠지게 됐다면? 어쩌다 이런 인연을 만나게 됐는지 하늘을 원망할지도 모르겠다. 가던 길을 계속 가기도, 그렇다고 되돌아오기도 어려운 진퇴양난의 상황에 빠진 심정이 오죽할까. 이런 상황에 처한 여자들에게 해주고 싶은 말이 있다. 남자란 자고로 혼자 살기 힘든 존재다. 굳이 누가 얘기해 주지 않더라도 스스로가 더 잘 알고 있다. 그렇기 때문에 독신주의자 남자친구라고 해서 결혼을 포기해야만 하는 건 아니다. 다만, 조금 더 힘들 뿐이다. 그러니 너무 불행해 하지는 말자. 이런 상대를 만났을 때 당신이 명심해야 할 건 딱 두 가지다.

첫째, 결혼에 안달 난 여자로 보이지 말자

의심의 여지없이 서로 진심으로 사랑하는 사이일 경우, 당신은 이런 생각을 하게 될 것이다. '결혼의 장점도 이렇게 많은데, 왜 원하지 않을까' '사랑한다고 말은 하면서도 왜 결혼만큼은 싫다는 걸까' 이런 생각이 꼬리에 꼬리를 물수록, 어쩌면 잘만 설득하면 그의 결혼관을 바꿀 수도 있을 것만 같은 기분이 들게 될 것이다. 하지만 절대 이러한 생각을 실천으로 옮겨선 안 된다. 다른 모든 사안은 당신의 뜻대로 움직이는 남자라도 결혼만큼은 자기 고집대로 할 것이기 때문이다. 어쭙잖은 논리로 결혼의 당위성을 얘기했다가는 오히려 당신으로부터 도망가고 싶게 만들 수도 있다. 당신의 남자친구는 결혼이란 제도에 대해 무척 회의적이거나 또는 신중한 남자다. 이런 남자를 가르치려 들었다가는 괜히 결혼을 종용하는 어르신들처럼 피하고 싶은 대상으로 전락할 수도 있다.

잔인한 말처럼 들리겠지만 정말 그를 놓치기 싫다면 시간을 좀 주라고 권하고 싶다. 그는 당신과 같은 출발선에서 시작한 게 아니다. 당신에겐 당연한 호감-연애-사랑-결혼의 순서가 그에게 는 해당되지 않는다. 그렇기 때문에 상대의 마음이 당신을 따라 잡을 수 있도록 기회를 줘야한다. 하지만 대개의 여자들은 이런 상황 자체를 인정하지 못한다. '내가 어디가 부족해서?' '왜 그렇 게까지 해줘야 하는데?'라며 자존심의 문제로 받아들이기 때문 이다. 이럴 때 알아야 할 것은 그가 결혼을 주저하는 이유가 당신 이 지닌 가치의 높고 낮음 때문이 아니라는 점이다. 결혼이란 것 자체에 대해 생각이 많은 남자인 만큼 너그러운 마음으로 기다려 주는 태도가 필요하다.

만약 기다려주기로 마음먹었다면 결혼을 재촉하지 않도록 조심해야 한다. '언제까지 기다려 줄테니, 당신은 그때까지 결정 해' 같은 식의 말들은 그에게 더 큰 부담감만 줄 수 있다. 이는 시 간을 주는 것이기보다는 압박하는 것에 가깝다.

사실 이런 남자일수록 겉으론 여자의 입장을 생각하지 않는 척하지만 오히려 속으로는 아주 사소한 것 하나하나 신경을 쓰는 경우가 많다. 상대는 당신이 독신주의자가 아니라는 사실만으로 충분한 압박을 받고 있다는 소리다. 그러니 가능한 시점까지는 마음의 여유를 갖고 기다려주는 게 낫다. 멀리 돌아가는 길 같지만 가장 빠른 길이기도 하다.

둘째, 결혼이 하고 싶도록 동기부여를 해주자

상대가 결혼에 부정적인 이유는 걱정이 많기 때문이다. 결혼에 대한 걱정 내지는 두려움을 잠재워주는 기회를 자주 마련해줘야 한다. 가능하면 주말에는 그의 집에서 함께 보내는 것도 방법이다. 그러면서 가상 결혼생활의 환경을 만들어주는 것이다. 만약 당신이 확신만 선다면 동거를 제안해보는 것도 괜찮다. 함께하는 생활이 그리 힘들지만은 않다는 것을 깨닫는 기회를 마련해줄 수 있다.

만약, 기다려도 보고 동기부여도 해보았지만 더 이상 방법이 없을 것 같은 순간에 직면했다면? 속는 셈 치고 한 번만 더 최후의 수단을 시도해보자. 이명길 강사가 제안하는 '마감효과' 방법이다. 어찌 되었든 그간의 수고가 너무 아까우니 한 번만 더 노력해보는 것이다.

'마감효과' 방법은 종류 10분 전의 홈쇼핑 방송을 떠올리면 된다. 쇼호스트의 마감 임박 멘트에 시청자들은 화면에서 눈을 떼지 못하고 서둘러 물건을 사야 할 것만 같은 긴박감을 느낀다. 이제 그에게도 마감이 임박했음을 알려주자. 당신을 사랑하지만 집에서 자꾸 선을 보라고 한다, 그냥 몰래 볼 수 있지만 그럴 순 없다는 식으로 이야기해보는 것이다. 결혼하자고 닦달한 것도 아닌데 남자가 어떤 식으로든 답변을 할 수밖에 없는 상황이 연출된다. 마감효과의 핵심은 '더 이상의 기회는 없다'는 것을 확실히 주지시키는 것이다. 물론 그 기회는 그에게도 당신에게도 마지막이다. 그러니 최후의 수단이다. 이 방법을 쓰고도 헤어질 수는 있지만 그냥 포기하고 뒤돌아서는 것에 비하면 그래도 최소한의 성공 확률이나마 획득한 셈이지 않겠는가!

결혼을 겁내는 남자의 주변엔 결혼 생활이 순탄치 않은 커플이나 이혼한 커플들이 많은 특징이 있다. 워낙 보고 들어 온 것이 끔찍하다 보니 자기도 모르게 독신주의자의 가치관을 키우게 됐을 수 있다. 이럴 땐 상황이 나쁜 주변 커플을 화제로 끌어들여 당신이라면 어떻게 슬기롭게 처신했을지 얘기를 나눠보자. 이런 기회는 자주 만들수록 좋다. 당신이 힘든 상황을 함께 헤쳐나갈 현명한 여자라는 믿음을 주면 의외의 큰 수확을 얻을 수 있을 것이다.

Point. 3

사랑의 적신호
'권태기' 진단법

사랑의 불청객 권태기, 이 시기를 견디지 못해 이별하는 커플이 부지기수다. '우리는 아니겠지' 또는 '그는 아니겠지'라며 굳게 믿고 싶어도 현실은 좀처럼 뜻대로 되지 않는다. 권태기는 상대를 알아가면서 느끼는 실망감이나 성격 차이에서 비롯되기도 하지만, 점차 시간이 흐르면서 호르몬이 미치는 영향 때문이기도 하단다. 이상일 박사의 설명을 들어보면 권태기와 이별에 어떤 상관관계가 있는지 자세히 알 수 있다.

권태기는 사랑 호르몬인 페닐에틸아민의 혈중 농두가 떨어지면서 시작된다. 이는 글루타메이트에 속하는 흥분성 물질로 사랑의 짜릿함, 황홀감을 느끼게 해주는 호르몬이다. 문제는 페닐에틸아민이 대개 2년 사이에 감소하기 시작한다는 점이다. 사람의 자극인지는 높은 강도를 지속하다보면 피로감을 느낄 수밖에 없고, 몸에 가해지는 부하를 줄이기 위해 감각을 박탈하려는 현상이 발생한다는 것이다. 2년 사이에 헤어지는 커플이 40퍼센트라는 통계와도 무관하지 않음을 알 수 있는 대목이다.

이따위 호르몬의 방해공작에 나의 고결한 사랑이 무너진다 생각하니 너무나 허무하지 않은가? 별것 아닌 것 같아도 별것일 수밖에 없는 호르몬. 여기에 용감히 맞서 극복하는 방법은 뭘까? 권태기 문제를 다루는 데 있어서 가장 중요한 것은 이를 최대한 빨리 알아채는 눈치가 아닐까 싶다. 연인을 봐도 별 감흥이 없고 싫증만 밀려온다면 이미 되돌릴 수 없는 막다른 길에 접어들었을 가능성이 높다. 권태기를 극복할 때에도 당신의 탁월한 감각과 판단력이 필요하단 소리다. 요즘 나의 행동이 왜 이러는지 잘 모르겠는가? 또는 다정하던 그의 눈빛이 언제부턴가 생기를 잃고 있는가? 이런 순간이 찾아왔다면 사랑에 적신호가 켜진 건 아닌지 의심해볼 필요가 있다.

떠나는 마음, 되돌릴 수 있어!

남자친구에게서 권태기의 징후를 포착했다면 머뭇거리지 말고 초장에 관계를 바로잡는 데 집중해야 한다. 그렇다고 해서 다짜고짜 "어떻게 사랑이 변하니?" 따위의 불만을 털어놓으라는 게 아니다. 상대는 미처 깨닫지도 못했는데 일깨워줄 필요도 없거니와 매달리는 느낌을 줘 역효과를 초래할 수 있다. 그렇다면 대체 어떻게 해야 이 고비를 슬기롭게 극복할 수 있는지 궁금한가?

가장 효과적인 두 가지 방법을 제안하겠다.

하나, 속풀이 토크를 해봐

자주 만나는 사이라고 해서 대화도 자주 나눈다는 뜻은 아니다. 평상시의 대화란 것이 대개 누군가의 먹었던 음식이나 날씨, 상사 험담과 같은 게 주류를 이루기 때문이다. 같은 얘기들을 콘셉트만 바꿔 해대다 보면 정작 둘 사이에 정말로 필요한 진지한 대화는 놓치기 쉽다. 게다가 남자는 여자의 진지한 대화를 어렵게 받아들이는 습성이 있지 않은가? 혹시라도 자기에게 찔리는 구석이 있다면 의도적으로 대화를 피하려 들 수도 있다. 하지만 잊지 말자. 당신 커플은 지금 권태기를 겪고 있는 거다. 언제 어떻게 헐거워진 나사가 툭 하고 떨어져 나갈지 모르는 일촉즉발의 상황이다. 이럴 때일수록 나중으로 미뤄선 안 될 것이 진지한 대화임을 기억하자.

대신 대화 시 이 점은 주의해야 한다. 당신의 뛰어난 말발로 그의 입을 막지 말라는 것이다. 괜히 서운한 마음에 상대를 몰아붙이다가는 그의 입은 물론이고 마음까지 굳게 닫히게 만들 수 있다. 기왕이면 술이라도 한 잔 하면서 편안한 분위기를 연출해보자. 그러면 그가 나를 어떻게 생각하고 있는지 허심탄회하게 들어보는 기회를 얻을 것이다. 이러한 과정을 통해 필요로 하는 게 짜릿함인지 배려심인지, 또는 공통의 관심사인지 헤아려보자.

만약 남자친구가 당신과 공통의 관심사를 갖고 싶어 한다면 어떻게 하는 게 좋을까? 그가 흥미 있게 여기는 레포츠가 무엇인지 알아보고 매주 날을 정해 함께 즐기는 것도 좋은 방법이다. 함께 운동을 하다보면 뜻밖의 다른 효과들까지 얻을 수 있어 일거양득이기도 하다. 대체 어떤 효과를 얻을 수 있냐고? 먼저 그에게 남자로서의 능력을 과시할 기회를 줄 수 있다. 또한 운동을 하면서 풍기는 당신의 체취가 긍정적인 자극을 줄 수도 있다. 남자치고 여자의 체취(땀 냄새와 함께 발산되는 페로몬)를 싫어하는 사람은 없다고 한다.

둘, 극단적인 밀당을 시도하자

권태기가 심해져 정말로 헤어질 위기에 처한 커플이라면 위험부담이 있긴 하지만 한번쯤 시도해볼 만한 극약처방이 있다. 바로 당신의 소중함을 일깨워주는 것이다. 이를 위해선 소소한 밀당이 아닌 극단적인 밀당을 시도해야 한다. 평소 자주 만나고 통화하는 게 습관이 된 커플이라면 잠시 그와 거리를 둬보자. 바쁘다는 핑계를 대고 전화나 문자의 횟수를 확 줄이거나, 과감히 데이트를 한두 주 정도 미뤄버려도 좋다. 만약 싸움이 잦은 커플이라면 진지하게 생각할 시간을 제안해보는 것도 좋다.

단, 이러한 시도를 할 때 고난도의 센스가 뒷받침되어야 함을 명심하자. 그와 잠시 거리를 둘 때는 마치 당장이라도 이별할 것처럼 부정적인 느낌을 줘선 안 된다. 극단적인 밀당의 핵심은 그가 당신의 소중함을 새삼 깨닫게 하는 데 있다. 그에게 말할 때도 "당신을 무척 사랑하지만 우리 사이에 뭔가를 놓치는 것 같으니 생각할 시간이 필요하다"는 식으로 표현하는 게 좋다. 한마디로 착한 여자 포스를 폴폴 풍겨야 한다는 소리다.

권태기 진단
리스트

1. 예전엔 안 그랬는데 조금만 늦어도 심하게 짜증을 낸다.

2. 데이트 횟수나 시간이 점점 준다.

3. 별다른 이유도 없는데 옷차림이 크게 바뀐다.

4. 내 생각도 안 물어보고(그의 생각도 안 물어보고) 알아서 다 한다.

5. 언제부턴가 돈을 아낀다.

6. 내가 부탁한 것, 나와 관계된 것을 깜빡하는 빈도가 늘어난다(그와 관계된 것들을 내가 자꾸 잊는다). "미안, 바빠서 깜빡 잊었어"라는 말을 자주 하게 된다.

7. 대화 중 제3의 엉뚱한 화제가 자주 등장한다. 다른 사람 얘기부터 꺼내거나 느닷없이 노랫말을 외는 등 당사자들과는 관계없는 내용이다.

8. '당신은 항상' 또는 '늘'이란 말을 자주 쓴다.

9. 대화 도중 귀를 자주 만진다.

10. 왠지 서먹서먹하고 눈을 잘 마주치지 않게 된다.

....

열 개 항목 중 3~5개에 해당하면 권태기 위험신호라고 볼 수 있다. 해당 항목이 5개가 넘으면 확실한 권태기라고 할 수 있다.

Point. 4

아름다운 이별의 기술

연인 사이에 가장 중요한 게 뭘까? 아마 대부분의 사람들이 믿음 내지는 신뢰라고 답하지 않을까 싶다. 그러나 내 생각은 좀 다르다. 연인이란 '나는 네가 좋고 너는 내가 좋고' 딱 그거 하나면 시작할 수 있는 관계라고 생각한다. 그래서 한 쪽의 감정이 떠나면 더 이상 성립될 수 없는 서글픈 관계이기도 하다. 그렇다고 해서 감정이 싹트고 식는 문제에 도덕적인 잣대를 들이댈 수도 없는 노릇이다. 영원히 너만 보겠다는 약속? 사실 둘 중 한 쪽의 감정만 떠나가도 지킬 수 없는 것이라고 확신한다. 이런 순간에 닥치면 철옹성과도 같던 신뢰도 단번에 와르르 무너질 수밖에 없다. 대체 어떻게 감정의 문제를 '믿음'이란 울타리에 우겨 넣을 수 있겠나? 예전에 했던 사랑의 맹세를 지키라고 억지로 강요할 수 있겠나? 애초에 이상이 너무 커서 현실을 외면한 건 아닌지 생각해볼 대목이다.

　나는 연인 사이에 가장 중요한 건 상대에 대한 존중에서 우러난 '예의'라고 생각한다. 어디에선가 어떤 이의 사랑은 영원할지도 모르겠다. 하지만 당신 앞에 놓인 사랑은 그렇지 않을 수도 있다. 영원히 사랑하겠다던 약속을 못 지킬 수도 있단 소리다. 이럴 때 사랑을 시작할 때의 초심과 수많은 다짐들을 가치 있게 만들어줄 수 있는 유일한 자세가 '예의'다. 예의는 멀어진 연인 사이의 관계 개선에도 도움을 준다. 최소한 밥 먹듯이 거짓말을 하는 일은 없게끔 만들어주고 권태기를 극복하기 위한 원동력이 되어줄 수도 있다. 사랑이 쓸모없어졌다고 해서 헌신짝 버리듯 내치는 행동도 막아준다. 앞서 열거한 연인관계에 필요한 노력들은 뜨겁게 사랑할 때 새끼손가락 걸고 약속했다고 해서 절로 샘솟지 않는다. 사랑하기에 앞서 한 인간으로서 상대를 존중하려는 태도에서 나올 수 있는 것들이다. 연인 사이에도 지켜야 할 '예의'가 있음을 깨닫는 것과 그렇지 못한 것은 하늘과 땅만큼 큰 차이가 있다.

　사랑한다고 할 때는 언제고 이별할 때가 되면 남만도 못할 만큼 추악한 모습을 드러내는 커플이 많다. 무책임하게 문자로 이별통보를 하거나 그냥 잠수를 타버리기도 한다. 하지만 당신 결국 이렇게 되려고 그토록 열정적으로 사랑한 건 아니지 않는가? 세상의 수많은 사람 중 내가 선택했던 단 한 사람이다. 그것만으로도 존중받아 마땅한 사람이라고 생각해보면 어떨까?

상대를 존중하고 예의를 지키는 방법은 그리 어렵지 않다. 당신의 입장을 정확히 설명해주고 상대의 이야기를 잘 들어주는 것이다. 내 감정이 식었다고 상대를 함부로 깎아내리지 않는 것이기도 하다. 당장 내 마음이 편하기 위해 "지금은 누굴 만날 상황이 아니야"라는 식의 애매모호한 여지를 남기기 않는 것도 예의다. 나를 위한 편한 이별을 선택하기보다 마지막 순간까지 상대를 존중하는 자세를 지키는 것, 그것이 바로 아름다운 이별의 기술이다.

놔줄 때가 됐다면 놔줄 줄 알아야 한다

차마 장난감 코너 앞을 못 지나치던 어릴 적의 당신을 떠올려보자. 이것저것 모두 사고 싶다며 보채보지만 엄마는 결코 원하는 걸 다 사주는 법이 없다. 이번엔 대학 입시, 직장 면접 보던 순간을 떠올려보자. 코피 쏟아가며 공부를 하고 시간당 수십만 원씩 들여 면접 훈련까지 받았다. 하지만 결과는 만족할 만했나? 살면서 무엇이 됐든 당신이 원하는 만큼 모두 얻을 수 있었던 순간이 과연 몇 번이나 있었는가? 그만큼 삶은 호락호락하지 않다.

사랑도 마찬가지다. 나 혼자 하는 것이 아닐 뿐더러 상대가 내 마음 같지도 않을 수밖에 없다. 그러다보니 머릿속으론 아주 멋진 그림을 그려놓았지만 막상 현실에선 그렇지가 않다. 언제부턴가 색이 잘못 칠해지기도 하고 밑선이 번지기도 한다. 만회하려고 덧칠을 한다는 것이 상황을 더 안 좋게 만들기도 한다. 점점 더 내 뜻대로 되지 않는다. 그러다 결국, 피할 수 없는 이별을 예감한다. 하지만 이 순간 어찌해야 할지 갈피가 안 잡힌다. 그저 막막하기만 하다. 이별을 앞둔 당신… 대체 어떻게 해야 할까?

김태훈　　상대의 마음이 떠났다고 느끼고 있다면 저는 애써 희망적인 얘기를 해주지 않아요. 오히려 떠나보낼 마음의 준비를 하라고 얘기하죠. 감정이 떠났는데 무슨 수로 잡아요? 오래 돼서 고장 난 아날로그 TV를 붙잡고 있는 것과 같은 상황인 거예요. 말 나온 김에 감정이 떠난 게 욕을 들을 만큼 잘못한 것도 아니지 않나요? 어찌 보면 자연스러운 거예요. 사랑하는 게 자연스럽듯, 사랑이 식는 것도 자연스러운 거죠. 상처받을까봐 두렵다고요? 아니, 상처줄까봐 두려운가요? 사랑하다 이별하면 상처받는 게 당연하죠. 그게 어른들의 사랑인 거예요. 전 이런 고민을 하는 분들께 담담히 현실을 받아들이라고 말하고 싶어요.

이미 돌이킬 수 없는 길을 걷고 있으면서도 애써 붙잡고 놓지 못하는 여자들이 꽤 많다. 진정으로 그 사람을 잡고 싶어서인지, 아니면 그저 이별을 받아들일 수 없어서인지 분간도 못하면서 일단은 붙잡고 본다. 사랑에 최선을 다하는 자세는 좋겠지만 자기 자신을 잃어버린 채 집착하는 짓은 제발 좀 그만하자고 말리고 싶다.

우리 여자들끼리 조금 더 솔직해보자. 여자들은 자기가 마음 떠나서 헤어지자고 하는 건 당연한 것이고 상대가 그렇게 행동하면 '나쁜 놈'으로 받아들이는 경향이 있다. 그러나 김태훈의 말처럼 우리는 어른들의 사랑을 하고 있는 거다. 이별의 이유는 잘잘못을 따지기엔 애매모호한 구석이 너무 많다. 내 가슴 속 어디에선가 이별을 예고하고 있다면 슬슬 마음의 준비를 하는 게 낫다. 가슴이 따르지 않더라도 머리로 되뇌는 거다.

"놔줄 사람은 놔줘야 한다."

사랑이 꽃과 같다

최은하

꽃은 참 아름답다.
그래서 독대할 기회가 생기면
지켜보지 못하고 조물조물 만져보곤 한다.
향기도 맡아보고 빛깔에 감탄하며
감촉을 느끼기도 한다.

가끔은 강한 소유욕도 느끼며
그 아름다움을 훔치고 싶은 마음까지 든다.
시들어버리지 않도록. 영원히 아름답도록.

그런데…
꽃과 오래도록 함께 하는 방법은
그저 바라보는 것뿐인가 보다.

간직하고 싶어 송이를 꺾어 말리니
싱그러움을 잃어버리고.
진액을 만드니
매력적이던 빛깔이 사라진다.

수많은 '사랑' 중에도
떨어져서 바라볼 때
더 아름다운 사랑이 있나보다.

함께 할 때는
그토록 고통스러웠다.
지치지도 않고 심장을 헤집는 아픔이
야속하고 지긋지긋할 뿐이었다.

그러나, 한 걸음 떨어져 바라보니
봄 햇살 받으며 다시 피는 꽃과 같이…
사랑이 아름다워 보인다.

더 이상 가까이 하지만 않는다면
이토록 아름다울 수 있기도 한가보다.

사랑이 참으로 꽃과 같다.

삶을 개척하는 믿음직한 남자 김재원

김재원의 주말은 유난히 호사스럽다. 애마인 포르셰 911 터보카프리올레를 타고 드라이브를 하는가 하면 푸른 잔디밭에서의 승마도 즐긴다고 한다. 명품관에 신상구두가 들어왔단 소식이 들리면 직접 신어봐야 직성이 풀리기도 한단다. 왠지 놀기 좋아하는 '날라리 강남 의사'일 것만 같다.

그런데 그의 삶을 들여다보니 섣부른 판단임이 금세 실감된다. 학창시절 120킬로그램의 거구였던 김재원. 고등학교 졸업과 동시에 독하게 50킬로그램을 뺐단다. 살을 빼며 생긴 미(美)에 대한 관심 때문에 대학에 가서는 죽도록 공부해 성형외과 전문의가 되었다. 20대에 가난하지 않기로 마음먹은 그는 통장 10개를 굴려 2억5천만 원의 큰돈을 벌기도 했단다. 30대가 됐을 무렵엔 한 번쯤 영화 크레딧에 이름을 올려보고 싶다는 생각도 했다. 영화 얘기를 꺼낼 때마다 친구들은 비웃고 넘겼지만 결국 최근 영화 〈아이들〉에서 작은 배역을 맡아 뜻을 이루고야 말았다. 이제 그에게 남은 꿈은? 30대에 열심히 돈을 벌어 40대에 아프리카로 떠나는 거란다. 재밌는 건 더 이상 어느 누구도 그의 꿈을 허투루 듣지 않는다는 것이다. 그가 아프리카로 떠난다고 말했다면 정말 떠날 것이라 의심치 않는다. 어떻게 하면 원하는 걸 모두 이룰 수 있는 건지 물었다.

"저는 막연히 꿈만 꾸지 않아요. 원하는 게 있으면 자신 있게 말하고 될 때까지 노력하죠. 곧 이루어질 것을 믿고 있기에 제 미래를 그릴 때면 늘 설렌답니다."

철저한 자기 관리로 꿈을 현실로 만들어가는 남자. 그를 보면 왠지 기대어 쉬고 싶은 생각이 든다. 때로는 강렬하게 내리쬐는 태양을 피하는 나무그늘이 되어주기도 하고 때로는 거센 풍파를 함께 헤치며 노를 저어줄 것만 같다. 이런 듬직한 남자의 어깨라면 어떤 시련과 고난이 닥치더라도 믿을 수 있지 않을까? 함께 손을 맞잡고 한 걸음 한 걸음 앞으로 나아가고 싶은 남자다.

실전 사랑 다지기 편

연인끼리 저지르기 쉬운
치명적 실수

Point. 1

여자친구가
가장 싫어지는 순간

혹시 남자가 여자친구를 싫어하게 되는 순간이 언제일지 궁금하지 않은가? 아무리 사랑하는 여자친구라도 있던 정이 뚝 떨어질 만큼 싫어지거나 멀리 도망치고 싶은 순간이 있기 마련인데 과연 언제가 그때인지 나는 무척이나 알고 싶었다. 그래서 결혼정보회사 비에나래에 도움을 요청했다.

비에나래는 2011년 4월 필링유와 공동으로 전국의 결혼희망 미혼남녀 538명(남녀 각 269명)을 대상으로 '남자의 기분을 좌우하는 여친의 언행'에 대한 설문 조사를 전격 실시했다. 우선 '남자의 기분을 좋게 만드는 여친의 칭찬'에 대한 답변부터 살펴보자. 설문 조사 결과 남자 응답자의 44.6퍼센트가 '든든하다'는 대답을 선택했다. '센스가 있다'와 '대화가 잘 통한다' 등이 뒤를 이었다.

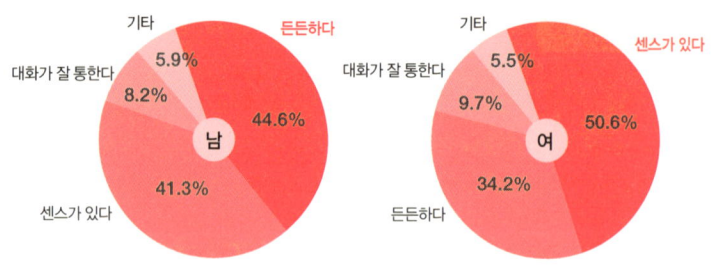

| 남자의 기분을 좋게 만드는 여친의 칭찬 |

반면 여자는 과반수인 50.6퍼센트가 '센스가 있다'고 할 때 남친의 기분이 가장 좋을 것 같다고 답했고, 그 다음으로 '든든하다'와 '대화가 잘 통한다'가 이어졌다.

　이번엔 '남친을 왕짜증 나게 만드는 애인의 언행'에 대한 결과다. 우리가 특히 유심히 살펴야 할 부분이기도 하다. 여자는 '오빠는 그런 것도 몰라' 식으로 상대를 무시하는 발언을 할 때 가장 기분이 상할 것으로 예상했다. 이어서 '그렇게 해서 출세하겠어' '오빠, 미안! 오늘 약속 바꿔야겠어' '내가 왜 화난 줄도 몰라' 등의 순을 보였다. 반면 남자들의 경우 '내가 왜 화난 줄도 몰라'라며 생뚱맞게 따질 때 난감하다는 대답이 가장 많았다. 이어 '오빠는 그런 것도 몰라' '오빠, 미안! 오늘 약속 바꿔야겠어' '그렇게 해서 출세하겠어' 등의 대답들이 뒤를 이었다.

　'남친을 왕짜증 나게 만드는 애인의 언행'의 설문 결과 여자의 경우 1순위가 '오빠는 그런 것도 몰라'였다. 아마 남자들은 자신을 무시하는 언행을 가장 싫어할 것이라고 예상한 것이다. 그런데 정작 남자들의 설문 결과 1순위는 '내가 왜 화난 줄도 몰라'였다. 화난 이유도 모르냐는 여자친구의 추궁이 자신을 무시하는 것보다 더 기분 나쁘고 난감한 남자들이 꽤 많은 것이다. 남자는 말로 감정을 표현하는 게 여자에 비해 서투르다. 그런 남자에게 말 좀 해보라며 꼬치꼬치 따지는 건 쥐약을 먹이는 것이나 다름없다. '차라리 뭐가 문제인지 속 시원히 말해주지'가 솔직한 남자들의 바람이다. 연인간에 이런 상황이 많아지면 남자는 잘 풀고 싶다는 생각보다 당장 떠나고 싶다는 생각부터 할지도 모른다.

까짓 거 심각해봐야 얼마나 심각하겠냐는 생각이 드는가? 잠깐 당황스러울 뿐이지 별 대수로운 일은 아니라고 생각한다면 어디까지나 오산이라고 얘기해주고 싶다. 여자들은 이런 상황에서 남자가 받는 스트레스가 의외로 무척 크다는 걸 깨달아야 한

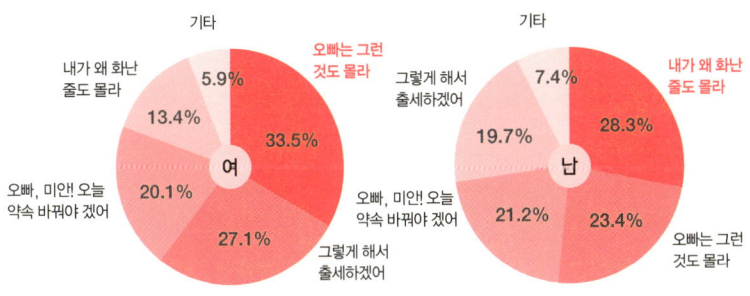

| 남친을 왕짜증 나게 만드는 애인의 언행 |

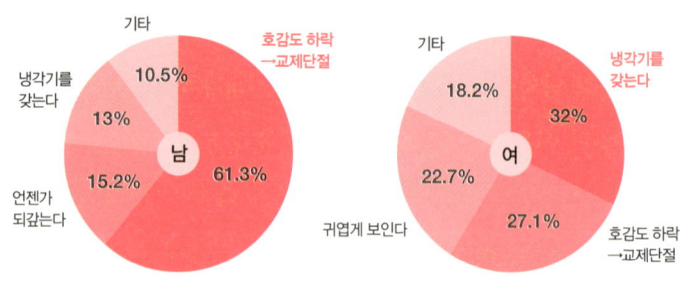

| 여친의 왕짜증 언행은 교제에 어떤 영향을 미칠까? |

다. '여친의 왕짜증 언행은 교제에 어떤 영향을 미칠까?'라는 질문에 대한 결과를 봐도 잘 알 수 있다. 남자는 '호감도 하락→교제단절'이라는 응답률이 압도적으로 높았고, '언젠가 되갚는다' '냉각기를 갖는다' 등이 뒤따랐다. 반면 여자는 '냉각기를 갖는다'가 가장 많았고, '호감도 하락→교제 단절' '귀엽게 보인다' 등으로 이어졌다. 남자친구를 화나게 만드는 애인의 언사에 대해 여자는 대수롭지 않게 여기는 반면 남자는 매우 심각하게 받아들이고 있음을 알 수 있는 결과다.

완벽한 여자에 인색한 남자들

대부분의 남자들은 예쁜 여자에게 관대하다. 그런데 과연 완벽한 여자에게는 어떨까? 최근엔 똑똑한 여자를 좋아하는 남자들도 많다고 한다. 하지만 헷갈리지 말아야 할 것이 있다. 똑똑하고 진취적인 여자는 좋아해도 자기보다 훨씬 잘난 여자는 부담스러워한다는 점이다. 남자는 너무 완벽해 보이는 여자 앞에 서면 괜히 초라해지는 느낌을 받는다. 처음 교제를 시작하면서는 미처 느끼지 못하더라도, 사귈수록 점점 더 위축되는 자신을 발견하게 된다. 자신이 너무 못나게 느껴져 여자에게 미안한 마음이 들어 자신감이 떨어지고, 한편으론 여자를 감당할 수 없을까봐 지레 겁을 먹는 식이다. 이런 부담감이 커지면 연인 사이는 걷잡을 수 없어진다.

그러니 여성들이여 애써 남자 앞에서 완벽해 보이려고 하지 말자. 차라리 좀 부족해 보이는 게 낫다. 남자에게 여자의 부족함은 흠으로 보이기보단 보완하고 채워주고 싶은 마음을 일으킨다. 이로써 자신의 능력 내지는 남자다움을 확인하는 것이다. 그래서 나는 내 부족한 모습을 애써 감추려 하지 않는다. 오히려 상대에게 자신의 남자다움을 확인하는 기회를 준다고 생각한다. 왠지 빈틈 있고 조금은 허술해 보이는 여자들이 남자들의 관심과 사랑을 얻기 더 수월할 수도 있다. 그러니 더 이상 나 홀로 고고한 백조처럼 굴 필요는 없다. 잊지 말자. 적당히 잘난 여자는 환영받지만 너무 잘난 여자는 남자를 떠나게 할 수 있다. 철없는 남자친구에게 남자다움을 즐길 수 있도록 하자. 이것이 바로 잘난 당신이 오래도록 사랑을 지키는 길이다.

Point. 2

보여주려는 남자 VS
들으려는 여자

여자 도대체 왜 내 말을 들어주질 않아? 대화 좀 해 우리!

남자 벌써 내 맘을 훤히 알고 있잖아. 지금껏 한 얘기는 대
화가 아니고 뭐야?

이미 맞닿을 수 없는 평행선처럼 좁혀지지 않는 골이 생겨버
린 오래된 연인의 모습이다. 첫 만남 때는 잘만 통했던 두 사람인
데, 오히려 오랜 시간을 함께해온 지금 대화에 더 큰 어려움을 느
낀다. 참 이상한 일 아닌가? 사실 오래된 연인일수록 대화, 말이
서로에게 끼치는 영향은 더 크다. 그러니 만약 연인과 더 오래도
록 사랑을 지키고 싶다면 상대가 어떤 말에 오해하고, 상처받는
지 알아보는 시간을 가져보자.

앞에서도 언급했듯 남자와 여자는 말하는 법이 다르다. 남자는 사물 중심으로 생각하고 뇌와 감정의 소통이 원활하지 않은 반면, 여자는 감정에 충실하고 사람 사이의 관계를 중요시한다. 따라서 여자는 자잘한 일상 대부분을 남자와 대화로 공유하고 싶어 한다. 하지만 남자는 이런 것들을 어렵게 받아들일 뿐 아니라, 목적과 결과만을 빨리 알고 싶어 한다. 이번 장에서는 이러한 남녀의 차이가 어떤 오해들을 낳을 수 있는지 더욱 구체적으로 짚어보도록 하겠다.

무조건 보여주려는 남자

〈브레인 섹스〉를 보면 심리학자 카시안 교수의 재밌는 연구가 소개된다. 한 남자에게 여자친구를 위해 애정표현을 하게끔 유도하니 남자가 여자친구의 차를 닦기로 결정했다는 것이다. 바로 눈에 보이는 무언가를 해야만 표현을 했다고 생각하는 남자만의 언어를 알 수 있는 대목이다.

굳이 이런 연구 결과가 아니더라도 남자가 대화로 감정을 표현하는 데 약하다는 것은 쉽게 확인할 수 있다. 반지나 꽃다발 같은 선물로 사랑을 고백하려는 행동, 데이트를 할 때 낑낑대며 유원지의 오리배를 몰거나, 하다못해 자전거라도 태우려는 행동,

친구들끼리 농구나 축구 같은 스포츠 게임을 할 때면 어김없이 여자친구를 부르는 행동들만 봐도 알 수 있다. 이런 행위들이 바로 남자가 여자에게 말하는 방식인 것이다.

무조건 편들어 달라는 여자

감정을 공유하고 싶은 여자는 보이는 것에 집착하는 남자와 오해가 쌓이기 쉽다. 그 대표적인 예가 여자가 남자에게 속상한 일을 털어놓았을 때다. 여자는 자기의 마음을 공유하고 싶어 속을 털어놓는다. 그저 편 좀 들어주면 될 일이다. 그러나 이렇게 쉬운 것조차 잘 못해주는 게 남자다. 오히려 옳고 그름을 따지면서 불난 집에 부채질이나 하기 일쑤다. "그래서 나보고 어쩌라고?" "이제 와서 어쩌겠어?" "그러게 네가 잘하지"라는 식이다. 여자 입장에선 당연히 서운할 수밖에 없다. 하지만 남자는 여자의 마음을 이해할 리 없다. 이 때문에 남녀 사이에 갈등과 싸움이 시작된다. 여기서 당신이 알아야 할 것은, 남자에게 악의는 없다는 점이다. 여자의 걱정을 듣는 순간 '어떻게 해결해야 하지?'부터 생각하다 보니 저런 야속한 말이 튀어나오는 것이다.

과장하는 여자 VS 핀잔주는 남자

남자와 여자의 화법, 달라도 너무 다르다. 이중에는 표현의 차이도 큰 몫을 차지한다. 결론부터 말하면 남자에 비해 여자의 반응이 무척 과장된 편이다.

"그 불쌍한 여자를 보니까 너무 속상해서 죽을 거 같아."

"집채만 한 남자가 나한테 다가왔다니까. 무서워서 심장이 멎는 줄 알았어."

아무 설명이 없어도 벌써 여자의 말투란 게 느껴지지 않는 가? 사실 여자가 이런 식의 과장된 표현을 하는 이유는 하나다. 자신의 감정을 더 잘 전달하고 싶기 때문이다. 그러나 남자는 이러한 여자의 표현법을 이해하지 못한다. 그래서 "설마, 죽고 싶은 게 아니라 좀 불쌍했나 보지""또, 또 소설 쓴다"라는 식의 반응을 보이는 것이다. 남자는 별 뜻 없이 한 말일지라도 여자 입장에서 보면 무척 서운하지 않을 수 없다. 특히 사이가 좋지 않을 때라면 큰 싸움으로 번지는 도화선이 되기도 한다.

이제 내가 하는 말을 그가 어떻게 받아들일지 감이 좀 오는 가? 한때 비수같이 꽂혔던 상대의 말, 이 때문에 밀려오는 상처와 불신, 알고 보면 서로에 대한 이해의 부족이 눈덩이처럼 쌓여 생긴 오해였던 것이다.

Point. 3

남자의 심술은 무죄

"나보다 친구가 더 중요하다는 거야?"

"나 냉면 먹기 싫어. 갑자기 파스타 먹고 싶어."

"내 친구는 샤넬가방 받았대, 오빠 뭐 해줬어?"

"날 사랑하긴 하는 거야?"

기분 좋을 땐 한없이 싹싹하다가도 괜한 투정을 부리는 여자들의 심술. 심술은 힘 센 남자들을 향한 힘없는 여자들의 강력한 무기다. 그런데 알고 보면 진짜 심한 심술은 여자보다는 남자 쪽에서 부린다는 걸 아는가? 이상일 박사는 평소 여자의 심술을 받아주던 남자가 황당할 정도로 큰 심술을 부릴 때가 있다고 한다. 놀랍게도 결혼을 결심하기 직전에 찾아오는 고비라고 하니 대체 어찌된 영문인지 짚고 넘어가자.

결혼 전, 이해할 수 없는 남자의 심술

남자는 결혼을 결심할 때가 되면 여자의 마음을 떠보고 싶은 충동이 생긴단다. 이 여자를 평생 믿어도 좋을지 말지를 시험하기 위해 괜히 못되게 굴면서 반응을 살핀다는 것이다. 그럴 때면 상식 밖의 이상한 말이나 행동도 저지르고 본단다. 남자의 심술이 여자의 심술과 다른 점이다. 여자는 남의 눈치를 잘 보기 때문에 엉뚱하고 비상식적으로 심술을 부리지는 않는다. 하지만 남자는 전혀 납득되지 않는 비상식적인 행동도 서슴지 않는다. 물론 이 고비만 잘 넘기면 남자는 바로 프러포즈를 한다. 하지만 고비를 넘기지 못할 경우 이별하게 되는 것이다. 씁쓸한 현실이지만 커플의 80퍼센트 정도가 이 고비를 넘지 못해 이별을 맞이한다고 한다.

사정이 이러하다 보니 이 시기 여자의 태도는 무척 중요하다. 여자 눈에 제대로 콩깍지가 씌었다면 남자의 심술을 잘 참고 넘길 수도 있음이라. "오빠, 요즘 무슨 일 있어?" "내가 마음에 안 들어? 어떻게 해주면 좋겠어?"라며 다정하게 다독이고 넘어갈 것이기 때문이다. 하지만 시대가 바뀌면서 여자들의 인내심은 점점 약해지고 있다. 혼기가 꽉 찼다는 이유로 또는 오래 만났다는 이유로 남자의 말도 안 되는 심술을 묵묵히 감당해주지 않는다. 오히려 남자의 갑작스런 심술은 괜한 오해와 불신을 키우기 쉽다. 프러포즈 전 남자의 심술은 독신남녀가 느는 이유에도 단단히 한 몫을 할 거라 짐작되고도 남는다.

지금 이 순간 스쳐간 안타까운 인연을 떠올리며 상황을 곱씹어보는 싱글녀들이 많을 것이다. 헤어질 당시만 해도 당신은 이런 생각을 했을 것이다. '평소에 잘해주던 남자가 왜 갑자기 모질게 굴까' '그 흔한 말다툼 한 번 없던 사이인데 결혼 얘기가 오고 가자 엉뚱한 소리를 하는 이유가 뭘까' '우리 사랑, 고작 이거밖에 안 되었나?' 그러다 결국 자존심이 상해 훌쩍 떠나버렸을 것이다. 만약 이러한 남자의 심리를 좀 더 일찍 알았다면 상황은 어떻게 바뀌었을까? 당신을 속상하게 하는 그의 못된 행동이 프러포즈 직전의 고비는 아닌지 고민이라도 해보지 않았을까?

김은오　　제 예전 여자친구 얘기 기억하세요? 제가 큰 교통사고로 반년 가까이 입원하기 직전에 사귀었던 친구였죠. 고작 한 달 남짓 만났을 뿐인데 너무나 사랑했어요. 그래서 그녀와 헤어진 이후로도 도저히 잊을 수가 없더라고요. 그렇게 몇 해가 지나고 나서 그녀와 다시 만날 수 있었어요. 아, 그때는 정말이지 세상을 다 가진 듯 행복했어요. 이 여자와 평생을 함께 하고 싶단 생각뿐이었죠. 그런데 갑자기 저도 이해 못할 행동을 저질러 버렸어요. 심야에 드라이브를 하던 중 그녀에게 전화를 걸어 무서운 말들을 늘어놓은 거죠. 살고 싶지 않다는 식의 마음에도 없는 말이었어요. 이미 제가 교통사고 당하는 걸 겪었던 터라 그녀는 기겁을 하더군요. 그 후 또다시 헤어졌어요. 너무 행복했는데 왜 그런 말을 했을까요? 지금 생각해보면 그녀의 마음이 알고 싶었나 봐요. 제게 어떤 일이 일어나더라도 떠나지 않겠다는 말을 듣고 싶었던 것 같아요. 한 번 떠났었으니까 그때 너무 아팠기 때문에 꼭 한 번 그녀의 마음을 확인하고 싶었나 봐요. 그냥 평생 행복하자고 말하면 될 것을, 어렵게 다시 잡은 인연인데 그렇게 떠나보내 가슴앓이를 했죠.

여성을 녹이는 매혹적인 남자 김은우

보기 드물게 잘생겼다. 훤칠한 키에 주먹만 한 얼굴, 또렷한 이목구비의 소유자. 마치 화보 속 모델 같은 외모에 센스 있는 스타일도 눈에 띈다. 여기에 은근히 풍기는 마초적인 분위기까지 더해질 땐 가히 매혹적이라 표현할 만하다.

한때 음악과 연기를 했던 엔터테이너의 경력까지 짐작해 보건대, 선수 중의 선수일 것 같다. 마음만 먹으면 어떤 여자라도 유혹할 수 있을 것만 같은 그, 절대로 외로울 틈이 없어 보인다. 여심을 흔드는 '나쁜 남자'란 그를 두고 하는 말이 아닐까?

과연 그의 사랑은 어땠을까? 그런데 이야기를 듣고 있자니 좀 의외다. 그에게서 '남자의 순정'이 묻어난다. 사랑을 가볍게 여기지 않는다고 말하는 그. 첫사랑과는 5년이나 사랑했고 그 다음에도 3년간 진지한 사랑을 했었다. 그 이후 3년 동안은 이렇다 할 여자친구

조차 없다고 하소연한다. 3년 전 한눈에 반한 여자와 어쩔 수 없는 이유로 이별한 후, 아직도 마음이 자유롭지 않기 때문이란다. 이 남자 의외로 '순애보'다.

겉으로 보이는 완벽함 속에 진실한 순정을 지닌 남자.

어쩌면 그래서 여자에겐 더욱 치명적일 수 있다. 그와 오래오래 예쁜 사랑을 할 용기 있는 여자라면 탐하라. 그리고 도전하라. 그래도 될 만큼 충분히 매혹적이다.

Point. 4

사랑하는 만큼
구속도 하는 걸까?

"사랑하는 사이니까 휴대폰 보여줘."

"나 만날 시간도 없는데 친구는 그만 만나."

"어디야? 지금 당장 가서 집 전화로 전화해."

"여자가 있는 모임은 절대 안 돼."

남자가 여자에게 또는 여자가 남자에게 사랑한다는 이유로 너무도 당당하게 요구하는 것들이다. 마치 사랑의 다른 이름이 구속이라도 되는 양 연인에게 구속은 기념일을 챙기거나 커플링을 맞추는 것처럼 당연하게 여겨지곤 한다. 이실직고 고백하건대 나도 그랬다. 20대 중반까지도 구속당하고 또 구속하는 것이 '진짜 사랑'이라고 여기기도 했다. 나 자신도 모르는 사이 구속을 즐기기도 했던 것 같다. 그러나 시간이 갈수록 상황은 변해갔다. 구속하고 구속받는 게 습관이 되어 멈출 수 없는 지경이 되어버리고 만 것이다. 귀가시간, 휴대폰, 친구관계 따위의 갖가지 주제를 놓고 각자 들어본 세상의 모든 상식을 총 동원해서 논쟁을 벌여야만 했었다. 하지만 그럴수록 정신은 피폐해지고 관계는 나빠졌다.

아이러니한 점은 상대의 구속에서 벗어나고 싶은 마음이 커질수록 의지하려는 경향도 같이 커진다는 것이다. 곁에 있는 사람이 오직 그뿐이기 때문에 힘들어도 마음 둘 곳 또한 그인 것이다. 이런 상황에 빠진 여자들의 증상은 한마디로 가관이다. 몸은 떨어져 있어도 머릿속엔 온통 상대방 생각뿐이다. 일도 가족도 안중에 없다. 상황이 극한으로 치닫게 되면 드라마에서나 볼 법한 의처증, 의부증을 방불케 되기도 한다. 심각한 협박에 시달리거나 폭력이 벌어지기도 한다. 처음부터 문제가 있었던 건 아니다. 하지만 시간이 흐르면서 어쩌다 보니 상황이 점점 더 안 좋아진 것이다. 아마 겪어보지 않은 사람은 이해가 안 될 것이다. 하지만 이미 우리 주위의 너무도 많은 여자들이 이러한 고충을 겪고 있다. 지금 이 순간에도 사랑하는 만큼 구속해도 된다고 믿는 수많은 커플들이 있다. 이들을 위해 나는 연애카운슬러 김태훈의 얘기를 들려주고 싶다.

김태훈　제가 직장생활을 할 때였어요. 장장 4년간의 연애를 끝내고 처음 맞는 주말이었죠. 괴로웠냐고요? 솔직히 행복했어요. 집에서 아무 걱정 없이 푹 쉴 수 있었거든요. 연애하는 4년 동안 한 번도 주말을 마음 편히 쉬면서 보낸 적이 없었어요. 주중엔 피 터지게 일하고 주말엔 어김없이 데이트하러 나가야 했으니까요. 피곤해서 집에서 쉬고 싶다고 말해 봐요. 믿지도 않고 이해해주지도 않을 걸요. 그래서 제 칼럼에 이런 글을 쓴 적이 있어요. '헤어진 후 처음으로 맞은 주말의 낮잠이 지난 4년간의 복잡한 연애보다 훨씬 더 달콤했다'고요.

　사랑하는 연인이란 이유만으로 수많은 구속들이 자행됩니다. "휴대폰 문자 보여줘." "왜 당구장에 있어? 누구랑 있어?" "내가 그 친구 싫다고 했지, 만나지 말랬지." 이런 게 다 구속이죠. 저 역시 어릴 땐 여자친구를 구속하기도 했어요. "미니스커트 입지 마" "그 옷은 너무 야해" 이러면서요. 그런데 사실 이러한 것들도 폭력 아닌가요? 상대가 날 좋아하기 때문에 일시적으로 용납하는 것뿐이지 진정 원해서 따르는 건 아니잖아요. 그런데도 사랑이란 이유로 허용되는 폭력적인 연애 일반론들이 있어요. 이건 인간에 대한 예의가 아니라고 생각합니다. 말 그대로 예의가 없는 행동이에요.

　우리는 이런 것들을 깨부숴야 해요. 네가 뭔데 문자를 보겠다고 해. 내가 이 치마로 물의를 일으키는 것도 아닌데 좋아서 입는 옷을 왜 못 입게 해? 이런 생각과 주장을 할 수 있어야 해요. 그러지 않으면 당장은 좋을지 몰라도 결국엔 인내심 없는 사람이 튕겨 나가게 되죠. 특히 남자들은 말 그대로 죽으려고 해요. 자기가 구속하는 건 당연하게 생각하면서도 여자의 구속에는 치를 떠는 게 남자거든요. 서로가 존중받는 건강한 사랑을 하고 싶나요? 그러면 사랑이란 이름으로 마구 휘두르는 폭력부터 그만둬야 합니다.

구속에서 벗어나기 위한
마인드 컨트롤

구속을 받거나 행하는 것이 습관이 되어버렸다면 틈 날 때마다 아래의 말을 되뇌어보자. 비록 하루아침에 벗어날 수는 없어도 어느 날 문득 조금씩 변해가는 당신을 확인하게 될 것이다.

'열심히 구속하고 감시한다고 해서 무엇이 달라질까? 깨질 커플이 깨지지 않을 수 있는 것도 아니고, 차갑게 식은 사랑이 다시 뜨거워질 수 있는 것도 아니다. 구속으로 사람의 마음까지 다스릴 수는 없을 터, 그런데도 무엇을 위해 이토록 괴로운 일에 몰두하는가?'

Point. 5

연애 초반, 중반, 후반에
고려해야 할 것들

연애 초반 : 그를 탐색하라!

함께 길을 걷는 것만으로도 세상이 동화처럼 아름다워 보이고 행복한 때가 있다. 흔히들 콩깍지가 씌었다고 말하는 연애 초반에 그렇다. 이땐 솜사탕처럼 뭉게뭉게 피어오르는 충만한 사랑을 재고 따질 것 없이 마음껏 만끽하길 바란다. 세월이 흐를수록 고민 없이 사랑의 감정을 누릴 수 있었던 시절이 인생이 주는 소중한 선물이라는 것을 절감할 것이기 때문이다. 다만, 연애 초반에 반드시 염두에 뒀으면 싶은 게 있다. 그에 대한 판단을 함부로 내리지는 말되 그에 관한 정보만큼은 최대한 많이 수집해야 한다는 점이다.

물론 '정보 수집'과 '상대의 조건을 재고 따지는 것'은 분명 다르다. 머리로 계산하는 연애를 위해 정보를 수집하라는 게 아니다. 나와 그의 미래를 위해 깨끗한 도화지와 품질 좋은 물감을 준비하란 뜻이다. 서로가 꿈꾸는 미래가 너무나 다르지는 않은지, 내 아이의 아빠로서 최소한의 소양은 갖춘 사람인지, 현명한 판단을 할 수 있도록 준비하자는 거다. "그땐 이런 남자인 줄 몰랐어"라며 백 번 후회해봐야 아무 소용없다.

그의 모든 것이 좋게만 보이는 연애 초반, 지금 당신이 보고 있는 건 그의 한 단면일 뿐이다. 그와 오래도록 만나고 싶다면 보이지 않는 옆면과 뒷면, 측면까지 보고 이해할 필요가 있다. 그가 어떤 사람인지 알아가는 것이야 말로 연애 초반에 당신이 열심히 풀어나가야 할 숙제다. 가령 그가 어떤 어린 시절을 보냈는지 물어볼 수 있다. 그러면서 어떤 성향의 부모님과 어린 시절을 보냈고 어떤 가치를 소중히 여기도록 배웠는지 알 수 있을 것이다. 형제간에는 얼마나 많은 추억들을 쌓았는지, 어린 시절 그가 어떤 감정을 키웠을지 짐작해볼 수도 있다.

그의 주변 친구들이 그에 대해 어떻게 생각하는지 알아두는 것도 중요하다. 내 눈에는 믿음직스러운 왕자님이지만 남들에게는 편협한 겁쟁이일 수도 있기 때문이다. 또 한 가지 반드시 체크해야 할 것이 있다. 그가 어떤 종교를 가졌고 얼마나 독실한지도 알아두자. 의외로 종교적인 갈등으로 인해 결혼에 실패하는 커플이 많다. 다른 종교에 심하게 배타적인 집안도 있고, 많은 시간을 가족과 함께 종교에 헌신하길 요구하는 집안도 있기 때문이다. 그러니 그와 내가 과연 종교적으로 화합할 수 있는지 없는지를 살펴보는 게 중요하다.

연애 중반 : 그와 나의 성격 매치도를 그리자

'성격이 비슷한 여자와 남자, 성격이 정반대인 여자와 남자'

과연 어떤 커플이 더 잘 어울린다고 생각하는가? 어떤 이들은 성격이 비슷해야 죽이 잘 맞는다고 말하고 또 어떤 이들은 성격이 정반대여야 보완이 되기 때문에 잘 맞는 커플이라고 말한다. 결론부터 말하면 둘 다 정답은 아니다. '성격이 비슷한가, 반대인가'의 문제보다 어떤 성격을 남자가 가졌고 또 어떤 성격을 여자가 가졌는지의 여부가 더 많은 영향을 미친다.

예를 들어 깔끔한 여자와 지저분한 남자가 있다. 이 경우 서로 정반대의 성격이지만 맞추면서 살 수 있다. '남자는 좀 어지를 수도 있고 지저분할 수도 있지' '여자는 남자보다 깔끔하지'란 인식이 저변에 깔려 있기 때문이다. 그러나 거꾸로 지저분한 여자와 깔끔한 남자라면 어떨까. 과연 남자가 여자를 얼마나 참아줄 수 있을까? 상황은 그리 낙관적이지 않다.

이번엔 돈 문제에 대해 얘기해보자. 경제능력이 없는 여자와 경제능력이 있는 남자가 만났다면 경제적으로 쪼들려도 큰 문제로 번지지는 않는다. 남자는 여자가 돈을 좀 못 벌어도 어느 정도 이해해줄 수 있다는 소리다. 하지만 입장을 바꿔 여자는 돈을 버는데 남자는 전혀 돈을 벌 능력이 없다면, 심지어 여기저기 돈을 까먹고 다니기까지 한다. 여자 입장에서 '더는 못 참는다'는 소리가 나오는 건 시간문제일 수밖에 없다.

사회적으로 남자와 여자에게 요구되는 소양들이 있다. 상대의 단점이 여기에 해당하지 않는다면 어느 정도 너그럽게 이해해주고 넘어갈 수 있다. 하지만 상대가 이러한 소양과 너무나 동떨어진 것처럼 느껴지면 쉽게 지치고 인내심을 잃게 된다. 그렇기 때문에 서로를 이해하고 보완할 수 있는지 곰곰이 따져볼 필요가 있다.

연애 중반이라면 그와 나의 성격, 취향 등은 어느 정도 파악이 됐을 것이다. 이러한 특징들을 쭉 적어놓고 '성격 매치도'를 작성해보면 큰 도움이 된다. 내가 좋아하는 부분, 좋지는 않지만 참을 수 있는 부분, 절대 못 참겠는 부분을 요목조목 정리해보는 거다. 아주 유익한 시간이 될 것이라 장담한다.

연애 후반 : 스스로를 돌볼 줄 아는 여자가 되자

연애 후반, 반드시 경계해야 할 것이 있다. 아무리 오래된 연인이라도 상대에게 '스스로를 돌보지 않는 여자'로 보이지는 말라는 것이다. 커플 사이에도 의리가 있다고 믿기 쉽겠지만 사실 남녀 관계를 의리로만 버티기는 힘들다. 그렇기 때문에 상대방을 실망시키지 않기 위해 최소한의 긴장은 해야 한다. 만약 그의 눈에 당신이 '스스로를 돌보지 않는 여자'로 보이기 시작했다면 그 만남은 이미 종착역을 향해 달리고 있을 가능성이 높다.

사실 의리를 강요하는 여자와 의리로 관계를 유지하려는 남자의 결말이란 너무도 뻔하다. 남자의 배신과 배신감에 치를 떠는 여자의 하소연이 이어질 것이 그려지고도 남는다. 하긴 이런 상황은 오래된 연인뿐 아니라 부부 사이에서도 흔히 보고 들을 수 있는 얘기다. 그 흔한 드라마 속 '조강지처' 사연이 여기에 속한다. 구멍 난 팬티 아깝다고 다시 입고 파마할 돈 아껴서 반찬거리 사는 아내. 그런 아내의 헌신에 고마운 줄도 모르고 코맹맹이 소리 내는 어린 여자와 바람 난 남편의 얘기. 수도 없이 봐왔던 내용 아닌가? 어떻게 그럴 수 있냐고 남자를 탓해 봐도 별 소용 없다. 고맙기는 해도 사랑은 아닌 것을 어쩌겠는가.

남자의 입장에서 스스로를 돌보지 않는 여자는 이렇다. 남자에게 죽자 살자 매달리면서도 자기 자신을 위해 투자는 안 하는 여자. 씻지도 않은 채 헐렁한 트레이닝복에 모자나 눌러쓰고 데이트에 나오는 여자. 먹고 싶은 음식을 게걸스럽게 먹고 나선 트림까지 하는 여자. 남자와 말싸움을 할 때마다 거침없이 욕을 해대는 여자. 남자가 자신을 함부로 대하는 것이 익숙해져버린 여자다.

자, 이제 남자를 탓하기 전에 냉정하게 입장 바꿔 생각해보자. 오래 만났다는 이유로 긴장감 떨어진 모습을 여과 없이 보여주는 당신. 그러면서 상대에게는 처음 만날 때와 똑같은 열정과 헌신을 요구해도 되는 걸까? 사랑은 카드의 마일리지처럼 오래됐다고 저절로 쌓이지 않는다. 그렇게 공평하지도 정직하지도 않은 게 사랑이다. 그럼에도 불구하고 이런 소양들을 남자에게 무작정 요구하고 있지는 않은지 생각해봐야 한다. 스스로를 하녀 대접하는 여자를 공주 대접해줄 남자는 세상에 없다. 그에게 여왕 대접을 받고 싶다면 그가 당신을 여왕으로 여길 수 있도록 스스로 노력해야 한다.

1년 365일
여왕 대접 받는 비결

♥ 최소한의 자기관리는 필수다

로션과 비비크림 정도는 바르고 데이트에 나가라. 귀찮다는 이유로 머리도 감지 않은 채 모자를 눌러쓴 모습을 자주 보이지 말자.

♥ 그가 당신을 함부로 대하게 놔두지 말자

천박한 말이나 욕을 습관처럼 주고받지 말자. 처음엔 홧김에 한두 번 나온 말이지만 언젠가부터 당신을 욕한 것처럼 여기게 될 것이다.

♥ 그를 사랑하기에 앞서 나부터 사랑할 줄 알아야 한다

그가 나를 버릴까봐 전전긍긍하지 말자. 터무니없는 행동과 욕설을 받아주며 끌려다니면 안 된다. 무조건적인 희생으로 그의 마음을 영원히 붙잡을 수는 없다는 걸 명심하자.

사랑 더하기 편

멋진 사랑을 위해 반드시
알아야 할 것들

Point. 1

'스킨십'과 '섹스'에도 요령이 있어!

남녀 관계에 있어서 스킨십(또는 그 이상의 관계 포함)은 떼려야 뗄 수 없는 절차다. 특히 남자는 여자보다 스킨십을 더욱 중요하게 여긴다. 남자에게 만족스러운 스킨십이란 탐스러운 사랑의 결실과도 같다. 여자가 남자의 헌신적인 사랑을 확인하거나 공감대를 느꼈을 때의 만족감과 비슷하다고 볼 수 있다. '남자는 모두 늑대'란 말이 괜히 나온 게 아니다. 결국 인내심에 있어 정도의 차이가 있을 뿐이다. 그렇기 때문에 늑대를 피하기보다는 내게 맞게끔 길들이는 게 현명한 자세다. 늑대를 센스 있게 길들이려면 어떻게 해야 할지 이명길 강사에게 자세히 들어보자.

이명길 　스킨십에 정석은 없습니다. 하지만 '정상'은 있지요. 먼저 사귀고 신뢰가 쌓인 후 스킨십을 하면 정상인 것이고 사귀기 전에 스킨십부터 하려 든다면 비정상입니다. 아무리 개방적인 세상이 됐다고 해도 이 부분에 있어서만큼은 변함이 없습니다. 남자란 본능적으로 자기를 위해 헌신해줄 수 있는 정숙한 여자를 찾기 마련이거든요. 진지하게 생각하는 여자라면 첫날부터 대놓고 스킨십을 요구하기보다는 신뢰를 쌓으려는 나름의 노력을 보일 겁니다. 만약 당신 또한 한순간 즐길 생각이라면 문제될 건 없죠. 다 큰 성인끼리 서로 목적이 같다면야 뭐가 문제겠습니까? 하지만 당신이 원하는 게 사랑이라면 절대 스킨십부터 허락해서는 안 됩니다. 쉬운 여자를 좋아하는 남자 없습니다. 그 덕분에 급속도로 가까워졌다고 하더라도 결국엔 당신을 가볍게 취급할 겁니다. '쉬운 여자로 보이지 마라' 이것이 스킨십의 첫 번째 원칙입니다.

스킨십 똑똑하게 즐기는 법

스킨십의 첫 번째 원칙을 제대로 수행해냈다면 그 다음은 '스킨십을 똑똑하게 즐기는 법'을 익힐 차례다. 이명길 강사가 강조하는 스킨십의 단계별 전략을 들어보자.

STEP1 절대 아는 척하지 마라

당신의 과거를 그가 이해해줄 것이라 함부로 믿지 마라. 남의 여자에게는 관대해도 내 여자에 대해선 보수적인 게 남자다. '설마, 이런 행동을 해도 믿을까?' '이런 거짓말을 믿을까?'라는 생각이 들 만큼 모른 척해야 한다. 모르는 척의 정도는 당신과 그의 평소 성향에 맞춰 적절히 조절하면 된다. 조선 시대 양반가에 시집가는 여자처럼 굴 필요까지야 없겠지만, 알아도 모르는 척 적당히 내숭을 부리는 센스는 필요하다. 안 믿을 것 같아도 의외로 잘 속는 게 남자다. 내심 의심스러워도 믿고 싶기 때문에 믿는 식이다. 그가 당신을 계속 의심스러워한다고 해도 위축되지 말자. 어쨌든 그도 당신의 '척'을 즐기고 있을 것이기 때문이다.

STEP2 한 템포 천천히 가라

스킨십의 진도를 두고 여자들의 고민이 크다. 연인마다 진도의 차이가 크기 때문에 딱 꼬집어 어디까지는 되고 어디까지는 되지 않는다고 말하기도 어렵다. 이럴 때 가장 현명한 방법은 남자의 속도보다 딱 한 템포씩 천천히 가는 것이다. 그가 키스를 하면 슬쩍 빼며 포옹을 하고, 함께 모텔에 갈 수 있는 단계라면 그보다 한 단계 낮은 적극성을 보이면 된다. 그의 스킨십을 보면서 수위를 조절하는 거다. 남자가 '낮에는 요조숙녀 밤에는 요부'인 여자에 대한 로망이 있다고 해서 당신이 앞장서서 요부가 되어선 안 된다. 친절한 서비스는 남자 쪽에서 먼저 제공하도록 두자. 이 문제에 있어서만큼은 레이디 퍼스트는 잊어라. 맨 퍼스트가 원칙이다.

STEP3 즐길 때는 확실히 즐길 줄 알아야 한다

초반에 쉬운 여자가 아님을 입증했다면 슬슬 함께 즐기기 위해 마음을 열어보자. 스킨십이 남자만을 위한 건 아니지 않은가? 당신이 즐거워야 그도 즐거울 수 있다는 것 역시 잊지 말자. 스킨십도 사랑 표현의 연장선이다. 두 사람이 만나 서로의 즐거움을 나누는 순간인 만큼 당신의 감정을 전하고 그의 감정도 느껴보는 거다. 당신이 처음부터 쉽지 않았기 때문에 남자는 오히려 큰 보람을 느낄 것이다. 평소 취미나 대화가 잘 통하는 게 중요하듯 스킨십도 잘 통할수록 관계가 돈독해질 수밖에 없다. 남자를 손바닥 위에 놓고 휘두르는 여자치고 스킨십에 센스 없는 여자가 없다는 사실을 잊지 말자.

Point. 2
나쁜 남자 구별법

얼굴에 대놓고 나쁜 남자라고 써 붙이고 다니는 사람은 없다. 겉보기엔 선량한 얼굴과 멋들어진 매너로 여자를 유혹하지만 종국엔 잦은 바람(외도), 사기(돈), 폭력(욕설과 폭행)으로 말 못할 상처를 남기는 부류다. 바람둥이처럼 대놓고 나쁜 짓을 일삼지는 않더라도 은근히 여자를 고통에 빠트리는 부류도 있다. 여자에게 상처 줄 것이 뻔히 보이는 이런 남자와는 애초에 시작을 하지 않는 게 상책일 수도 있다. 연애의 단꿈에 젖은 사회 초년생이라면 더욱 그렇다. 아름다운 사랑의 상큼한 열매를 맛보기도 전에 증오와 불신만 쌓인다면 너무 억울하지 않겠는가? 물론 질곡의 드라마틱한 연애도 한 번쯤은 괜찮겠지. 하지만 이 또한 가치 있는 사람과 하길 바란다. 삼류 드라마 속 양아치 같은 사람과 부질없고 상처만 남기는 사랑은 하지 말자. 언젠가 상처는 아물겠지만 흉터는 남기 마련이다. 당신에겐 나쁜 남자를 구별해내는 안목이 필요하다. 앞으로 펼쳐질 연애사가 로맨틱 드라마가 될지 B급 신파로 전락할지는 오로지 여기에 달렸음을 명심하자.

그 놈의 술이 뭐길래~ 술 좋아하는 남자

술 없이는 하루도 못 사는 남자들이 있다. 적당히 마시면 좋으련만 코가 비뚤어지도록 마셔야 직성이 풀린다. 또 친구들과 술 마시느라 잘 만나주지도 않는다. 필름이 끊겼다는 이유로 종종 연락두절도 된다. 심지어 이런 남자들은 술김에 길거리에서 시비도 잘 붙는다. 걸핏하면 경찰서 유치장에서 빼달라고 전화오는 남자친구. 정말이지 앞이 캄캄하지 않은가? 이런 남자는 술을 끊지 않으면 헤어지겠다며 으름장을 놔도 별 소용이 없다. 술 때문에 여자와 이별하고 나서 괴롭다고 또다시 술집으로 향할 부류다.

인생 한 방이야~ 한탕주의에 빠진 남자

구구절절 설명하지 않더라도 도박하는 남자를 피해야 한다는 것쯤은 누구나 잘 알 것이다. 그런데 평범한 여자들이 도박중독자를 만날 가능성이 얼마나 있겠는가? 그보다는 겉보기에는 별 문제가 없어 보여도 훗날(또는 조만간) 도박에 빠져 사고 칠 부류를 조심하라고 충고하고 싶다. 간혹 유별나게 한탕주의가 심한 남자가 있다. 재미라고 강조하면서 승률 맞추기 복권을 몇십만 원, 몇백만 원어치씩 사는 남자. 실내 경마장을 들락날락 거리는 남자, 게임방에서 사행성 게임을 즐기고 돈거래도 하는 남자가 여기에 속한다.

한탕주의가 몸에 밴 남자는 가능하면 피하는 게 좋다. 배포있는 남자니까 언젠가는 대박 나겠지라고 생각하면 오산이다. 대박도 철저한 계획과 준비가 뒷받침되어야 가능한 세상이다. '우연히' 성적이 잘 나오고 '우연히' 사업이 대박나기가 점점 더 어려워지고 있다. 지금 당장은 그를 보며 '이 남자가 좀 문제가 있긴 해'라는 생각이 들지도 모르겠다. 하지만 머지않아 순식간에 큰 도박에 빠져 허우적댈 수도 있고 주식에 전 재산을 탕진할 수도 있다. 이런 남자를 믿고 결혼했다간 애와 함께 거리로 나앉기 딱 이라는 걸 명심 또 명심해야 한다.

다시는 안 그럴게~ 폭력적인 남자

관심 있는 남자의 과거 연애사를 듣는데 자기도 모르게 손찌검을 한 적이 있다고 하거든 당장 연락을 끊길 바란다. 물론 남자는 "그때가 처음이었고 상황이 어쩔 수 없었다, 앞으로 당연히 다시는 안 그런다"는 나름의 입장을 늘어놓을 것이다. 하지만 이런 다짐이 진심이라도 실천까지 가능할 수 있을지는 의문이다. 한번 폭력을 경험한 남자는 언젠가 똑같은 행동을 반복할 수 있다. 오히려 강도가 심해지면 심했지 나아지긴 힘들다. 만약 남자친구가 격한 말싸움 끝에 화를 참지 못하고 당신을 한 대 쳤다. 무릎 꿇고 눈물 똑똑 흘리며 빌면 딱 한 번 눈감아주고 싶은 마음이 들지도 모른다. 하지만 훗날 더 심하게 맞고 후회하기 싫다면 과감히 헤어지는 게 낫다.

여기에 한 가지 덧붙이고 싶은 말이 있다. 남자의 술, 도박, 폭력, 그리고 외도의 습성은 해외여행의 패키지 상품처럼 붙어 다닌다는 걸 기억하자. 술 많이 하는 남자가 폭력을 휘두르기도 쉽고 도박에 빠진 남자가 알콜 중독이 되기도 쉽다. 처음엔 한 가지만 문제였던 남자라도 시간이 지나면 어느새 다른 짓까지 하게 될 수 있다. 이미 진심으로 사랑하게 된 남자인데 이러한 상황에 빠진다면 얼마나 감당하기 힘들겠나? 눈물과 악다구니를 반복하다가 아까운 청춘을 통째로 잃어버릴 수도 있는 노릇이다. 상황은 결코 좋아지지 않을 것이며 더한 나락으로 빠질지도 모른다.

모든 여자에게 친절하다? 우유부단한 남자

콕 짚어 어떤 점이 잘못됐다고 증명할 방법은 없지만 여자를 속상하게 할 소지가 다분한 부류가 우유부단한 남자다. 어쩌면 이런 성향의 남자가 잘생기고 능력까지 좋으면 뭐 하나 빠질 게 없는 엄친아로 보일 수도 있다. 하지만 현실은 결코 그렇지 않다. 여자친구의 입장에선 이런 남자보다는 차라리 좀 못된 남자가 속 편할 수 있다. 적어도 호시탐탐 그를 노리는 여자늘에게 딱 잘라 '노(NO)'라고 거절할 줄 알기 때문이다. 누구에게나 친절하고 쉽게 마음을 주는 타입은 괜한 여지를 남기기 쉽다. 비록 본인은 바람피울 의도가 없었더라도 결국은 유사 상황을 자꾸 만들어내는 셈이다. 모든 여자에게 친절한 우유부단한 남자, 어찌 보면 바람둥이보다 더 나쁠 수도 있다. 남들은 친절한 남자라고 칭찬하지만 정작 여자친구는 대놓고 비난할 수조차 없게 만들기 때문이다.

한때 잘나갔는데… 과거 지향적인 남자

　현재의 상황이나 미래의 계획보다 과거에 있었던 일들을 얘기하는 남자들이 있다. 한때는 잘나갔다, 그때는 돈 많이 벌었지, 한때 이런 사랑도 했었는데, 이런 식으로 예전의 좋았던 얘기를 주구장창 늘어놓는 남자다. 이상일 박사는 이런 타입의 남자야말로 별 볼일 없다고 한다. 과거 지향적인 태도를 가지는 심리적인 이유는 현재 뭔가가 잘 풀리지 않기 때문이라는 것이다. 물론 과거를 되돌아보고 성찰하는 자세는 누구에게나 필요하며, 곧 미래를 설계하는 첫걸음이기도 하다. 하지만 여기서 말하는 문제적 부류는 오로지 과거만 넋 놓고 쳐다보는 이들이다. 이런 남자와는 함께 밝은 미래를 설계하기 어렵다.

Point. 3

사랑은 가슴으로
연애는 머리로

가끔은 이명길 강사에게 이런 회의적인 질문을 하는 사람들이 있다고 한다. 이렇게까지 머리를 써서 연애를 해야 하는지, 굳이 책까지 사서 읽을 필요가 있는지, 체질적으로 거부감을 나타내는 것이다. 그럴 때마다 이명길 강사는 이런 얘기를 해준단다.

사랑은 가슴으로, 연애는 머리로 하라

진실한 마음으로 사랑하되 표현만큼은 센스 있게 하라는 말이다. 진실한 사랑은 아무런 꾸밈과 준비도 없이 운명적으로 다가오는 것이라 믿는 사람들이 많다. 그래서 책을 보거나 대화의 기술을 익혀서 얻은 사랑은 거짓된 것이라 폄하하기도 한다. 하지만 사랑이란 애초에 상대에게 잘 보이고 싶은 마음에서 출발하는 것이다. 평소엔 잘 바르지 않던 분홍 립스틱도 바르고 싶고, 깔깔깔 웃던 버릇 대신 호호호 웃고 싶은 마음이 드는 것. 이런 게 사랑 아닌가? 상대에게 잘 보이기 위해 한 번 볼 거울을 두 번 봤다고 해서 가식이라 욕하는 사람은 없다. 그렇다면 다짜고짜 고백했다 낭패 보기 싫어 연애잡지라도 뒤져보고 싶은 마음 역시 사랑 아닐까? 낭만적인 사랑고백을 위해 소설의 한 구절, 시 한 구절을 외는 마음과 무엇이 다르냐는 말이다.

진실한 마음으로 사랑을 쟁취하기 위해 노력하는 건 그 자체로 충분히 의미 있다. '세상에 공짜는 없다'는 말이 사랑에도 예외는 아니다. 동화 속 공주님들의 러브스토리처럼 저절로 이뤄지는 사랑도 있겠지만 현실은 그렇지 않은 경우가 더 많다. 사랑도 노력 여하에 따라 결과가 180도 바뀔 수 있다. 사귀지도 못했을 남자와 드라마틱한 연애를 경험할 수도 있고, 헤어질 뻔한 남자와 평생 언약식을 올리게 하는 숨은 힘! 바로 '연애의 기술'이다.

연애의 밑그림을 함부로 그리지 말라

김태훈은 우리나라 여자들이 사랑에 대해 너무 큰 환상을 품는 게 문제라고 말한다. 자기만의 그림을 그려놓고 거기에 들어 맞지 않으면 서로 안 맞는다고 쉽게 결론지어 버린다는 주장이다. 그래서 그는 이런 충고를 자주 한다고 한다.

"연애의 밑그림을 함부로 그리지 말자. 사랑을 재단하는 것은 너무나 위험한 발상이다."

사랑은 머릿속으로 그려놓은 대로 진행되는 법이 없다. 남자와 여자가 만나서 대화를 하며, 밥을 먹으며, 또 길을 걸으며⋯ 매 순간 새로운 판을 펼치는 과정이다. 그래서 상대가 내 뜻대로 될 수만은 없다는 사실을 너그럽게 이해할 수 있어야 한다. 당신이 그려놓은 그림이 너무 확실하면 상대의 진가를 깨달을 기회도 얻지 못할 수 있다.

'시니컬한 연애카운슬러' 김태훈은 더 독한 얘기도 서슴지 않는다. 대개 연애를 안 해본 여자일수록 상대를 함부로 재단하려는 경향이 더 강하단다. 실제로 연애한 기간보다 머릿속으로 연애한 시간이 더 많기 때문에 현실과의 괴리가 생기게 된다는 것이다. 연애를 안 해본 여자뿐 아니라 나이든 여자들도 마찬가지란다. 지금까지 기다려왔다는 생각을 하다 보니 보상심리가 생긴다는 것이다. 하지만 이런 이유 때문에 자꾸 마음을 닫아버리면 언젠가 곁에 아무도 남지 않을 수도 있음을 명심하자.

훈남들의 사랑학개론

우리 곁에는 든든한 전문가들뿐 아니라 멋진 훈남들도 있다. 지금껏 자신들의 사랑과 그리움을 솔직히 털어놓고, 사랑에 대해 함께 고민하기도 했던 그들. 이 시대를 살아가는 남자의 입장에서 우리 여자들에게 조심스럽게나마 해주고 싶은 말이 있단다. 당신에게 전하는 다정한 메시지이자 자신을 향한 사랑의 맹세이기도 하다.

이제석 요즘 젊은이들 중에는 간 보는 사람들이 너무 많아요. 다짜고짜 간을 보다니 무슨 소리냐고요? 남자도 그렇고 여자도 그렇고 상대방의 마음을 슬쩍 떠보고 아니다 싶으면 접어버린다는 겁니다. 사랑이 비즈니스도 아니고 어떻게 품위를 지키면서 할 수 있죠? 감정을 표현하는 데 조금 흐트러질 수도 있고 체면을 구길 수도 있는 거 아닙니까? 누군가를 사랑함에 있어 슬쩍 발 담그거나 따지지 말고 가슴으로 열정을 다하는 태도를 가졌으면 하는 마음입니다. 지난 세월을 돌이켜 보건대 결국 그런 순간들이 있어 내가 살아있음을 느끼게 되는 것 같습니다.

김태원 저는 20대 중반 이후, 지난 몇 해에 걸쳐 연애의 공백기를 보내왔어요. 회사에 들어가고 책도 쓰고 강의까지 하며 바삐 지내다 보니 좀처럼 적당한 기회를 잡지 못한 거죠. 그런 저를 보고 차라리 잘된거라고 얘기해주는 사람들도 꽤 있어요. 제가 지금의 위치에 있을 수 있었던 건 여자친구 없이 '솔로'로 보낸 덕이라고요. 연애에 한 눈 팔리지 않고 일에 매진할 수 있었기 때문에 지금의 결과를 얻은 거라고 하더군요. 그런데 저는 꼭 그렇게 생각하지 않아요. 만약 내게 사랑하는 사람이 있었다면 어땠을까? 저는 오히려 더 잘됐을 수도 있다고 믿어요. 사랑하는 사람이 곁에 있기 때문에 더 열심히 살았을 수도 있잖아요. 지금 제가 하고 있는 일들과 느끼는 것들을 누군가와 공유한다고 생각하면 가슴이 두근거리고 기분이 좋아져요. 혼자 기뻐하는 것보다 둘이 함께 기뻐할 수 있다면 참 좋은 것 아니겠어요? 사랑을 해도 서로 윈-윈 하는 길이 있다고 믿어요. 둘이 만나 더 잘되고 더 기쁠 수 있으면 좋겠어요. 여성분들도 저와 같은 생각을 해보면 어떨까요? 사랑을 하면 어느 한 쪽이 희생을 감수해야 한다고 생각하는 분도 있고 연애가 힘들다고 고개를 절레절레 젓는 분도 있잖아요. 반드시 그런 것만은 아니라고 말씀 드리고 싶어요. 서로 더욱 행복할 수 있도록 윈-윈 하는 마음으로 사랑에 임했으면 해요. 사랑을 바라보는 시각은 물론 연애 방식까지도 긍정적이 될 수 있을 거예요. 저는 지금 그런 연애를 꿈꾸고 있습니다. 곧 그렇게 될 것이라 믿어요.

Point. 4

'불행'은 결코
'사랑'이 아니다

"고통, 불안, 근심이 사랑이라고 믿는다면 차라리 아프리카로 떠나라. 그곳에 당신이 도와야 할 사람이 널렸다."

아름다운 이별의 기술이 상대를 놔줄 때를 아는 것이라고 했다. 그렇다면 현명하게 놔줄 때를 판단할 수 있는 최선은 무엇일까? 만약 이 질문에 곧바로 대답이 떠오르지 않는다면 당신은 아직도 사랑을 왜 하는지 모르는 사람일 수 있다. 사실 사랑의 목적이 무엇인지 개념만 확고하다면 놔줄 시기를 알아챈다는 건 그리 어렵지 않기 때문이다.

연애를 하는 가장 중요한 이유는 뭘까? 나는 '지금보다 더 행복해지기 위해서'가 아닐까 생각한다. 혼자 있을 때보다 둘이 있어 더 행복하기 때문에 시도하는 것. 적어도 그렇게 되기를 꿈꾸며 도전하는 게 사랑이지 않을까? 만약 예기치 못한 시련을 겪게 되더라도 그 뒤에 찾아올 더 큰 행복이 있기 때문에 감수할 만한 가치가 있는 것이다. 그렇기 때문에 당신이 하고 있는 사랑이 불행만을 가져다주고 있다면 더 이상 사랑이라고 믿으면 안 된다. 찬찬히 당신의 주위를 둘러보라. 아니, 당신 자신부터 되돌아보자. '이건 아닌데' 싶으면서도, 밑도 끝도 없는 고통스러운 연애에 질질 끌려다닐 때가 있지 않은가? 세상엔 연애를 하면서 행복하지 않은데도 무작정 고(GO)!만 외치는 여자들이 넘쳐난다.

얼굴도 예쁘고 마음씨도 착했던 미정 씨의 사연이다. 그녀는 연애한 지 6개월 만에 남자친구가 바람둥이라는 걸 알게 됐다. 양다리도 아니고 두세 명씩 바꿔가며 문어발을 걸치는 악질 바람둥이었다. 알고 보니 미정 씨 이전에 사귀었던 다른 여자친구들과도 이 때문에 헤어졌단다. 늘 바람을 피워왔고 앞으로도 그럴 남자다. 처음에 몇 번 걸렸을 땐 남자친구도 잘못했다고 싹싹 빌었다. 하지만 그것도 잠시일 뿐이다. 미정 씨는 그런 남자친구의 태도를 보며 질투와 분노에 휩싸였다. 누가 이기나 보자는 심정으로 남자친구의 뒤를 캐고 분노하고 싸우기를 반복했다. 그렇게 장장 5년째 고통스러운 연애를 계속 이어가고 있다. 처음엔 사랑으로 시작했지만 언제부턴가 집착만이 남았다. 그리고 자신도 모르는 사이 이러한 연애 패턴에 익숙해졌다. 스물두 살의 예쁘고 마음씨 착한 미정 씨는 더 이상 없다. 이젠 스물일곱 살의 의심

많고 잘 웃지 않는 여자일 뿐이다.

미정 씨가 남자친구의 바람기를 고치기는 힘들어 보인다. 그녀가 행복해지기 위해선 어떤 선택을 해야 할까? 선택할 수 있는 방법은 딱 두 가지다. 남자친구와 헤어지거나 바람기를 인정하는 거다. 만약 바람기를 인정하고 아무렇지도 않게 넘길 수 없다면 그와 헤어지는 선택을 해야만 한다. 아주 단순한 논리라고 할 수 있다. 하지만 그녀는 아직 그 어떤 것도 선택하지 못했다. 바람기를 고치지도 못하고 헤어지지도 못하고 그렇다고 해서 받아들이지도 못한다. 이 얼마나 괴로운 삶인가? 20대 청춘을 다 바쳐서 하는 연애란 게 고작 남자친구 감시라니! 너무 슬프지 않은가?

불행한 연애에 익숙한 여자들이 종종 빠지는 착각이 있다. 그녀들은 뜨겁게 사랑하다 보니 무지막지한 고통도 겪는 거라고 믿는다. 이런 폭풍 같은 사랑은 아무나 할 수 있는 게 아닐 거라고 불행을 합리화하는 것이다. 하지만 끊임없는 시련 속에서도 행복의 실마리가 보이지 않는다면? 앞으로도 개선되지 않고 계속 불행할 상황이라면? 이럴 때 가슴이 따라주지 않더라도 과감히 버릴 줄 알아야 한다. 그것이 진실한 사랑이든 부질없는 미련이든 간에 스스로 떠날 때를 잘 아는 것도 센스다. 어떤 순간이 진정 떠날 때인지를 아는 건 어렵지 않다. 사랑의 목적이 '행복'에 있다는 신념만 갖고 있으면 된다. 헷갈리지 말자. 불행한 건 결코 사랑이 아니다.

행복을 선택할 줄 아는 여자

미드 〈섹스 앤 더 시티〉에 이런 에피소드가 있다. 네 명의 친구들 중에 성과 사랑에 있어 가장 개방적인 사만다. 평생 사랑 없이 섹스만 하고 살겠다던 그녀가 어느 날 리처드에게 깊은 사랑을 느끼게 됐다. 하지만 어렵게 마음을 연 이 남자가 그녀 몰래 바람을 피우다 현장을 딱 걸리고 말았다. 충격을 받은 사만다는 이별을 했지만 계속되는 리처드의 사과와 회유 끝에 다시 만났다.

그는 바람둥이 생활을 청산했을 뿐만 아니라 값비싼 선물 공세를 펼쳐댔다. 선물 중에는 고급 진주를 엮어 만든 섹시한 속옷도 있었다. 그러나 이러한 노력에도 불구하고 그녀는 예전의 일을 머릿속에서 떨쳐내지 못했다. 그러던 어느 날, 그녀는 그가 일 때문에 묵는 호텔을 급습했다. 급한 마음에 엘리베이터를 기다리지 못하고 계단을 뛰어 올라갔다. 급히 뛰어 올라갈수록 진주속옷이 몸에 쓸려 아팠다. 피부는 따끔거리고 숨은 턱까지 차서야 방에 들이닥친 그녀. 하지만 리처드는 딴 짓이 아니라 일만 하고 있었다.

그래서 둘이 동화처럼 행복하게 잘 살았는지 궁금한가? 한숨 돌린 사만다는 진주속옷을 벗어 돌려주며 이런 얘기를 했다.

"당신을 너무나 사랑해. 하지만 더는 만날 수 없어. 당신보다 나를 더 사랑하기 때문이야."

지방대 출신으로 국내 광고계로부터 외면당했던 이제석. 그러나 미국 유학 길에 오르며 세계 무대의 광고상을 싹쓸이 했고 JWT NEW YORK, BBDO 등 세계 최고의 광고대행사 아트디렉터로 근무하며 수많은 히트작을 배출했다. 세계 광고계의 기린아로 우뚝 선 그의 이야기는 좌절한 수많은 젊은이들에게 희망의 메시지를 전한다.

"판이 불리하면 뒤집어라. 결승점을 바꿔버리면 꼴찌로 달리는 사람도 일등이 된다."

이제석표 광고는 심플하면서도 과감하다. 온갖 미사여구를 갖다 붙이지 않아도 보는 순간 뒤통수를 맞은 듯한 기발하고도 강인한 매력이 있다. 이런 광고를 창조해내는 남자는 어떤 생각을 하고 어떤 사랑을 하며 살아갈까? 그에 대한 호기심이 최고조에 달했을 때 다행히도 그를 만날 수 있었다. 그리고 이내 그의 강렬한 매력에 빠져들었다.

남자 이제석의 색깔은 더없이 뚜렷했다. 걸걸한 목소리와 구수한 사투리이 거침없는 말투, 야생의 성난 짐승처럼 거친 남자다. 그렇다면 이런 남자의 사랑방식은 어떨까?

그는 짤막하고도 명료하게 스스로를 '나쁜 남자'라 소개했다. 여자에게 그리 친절하지만은 않은 나쁜 남자 스타일. 자신의 바쁜 생활과 무뚝뚝한 성격으로 여자를 안달 나게 하는 게 인기 비결이란다.

그런데 나는 그만의 숨은 매력을 하나 더 덧붙여야겠다. 남성다움에 가려진 그만의 달콤함이란 게 있다. 거친 태도에서 묻어나는 그만의 위트와 여유로움이 왠지 모를 자상함을 기대하게 만든다. 밀크 초콜릿의 부드러운 달콤함이 아닌 다크 초콜릿의 달콤 쌉쌀한 여운 같은 자상함이다.

여자가 남자 같고 남자가 여자 같은 요즘. 섬광처럼 번뜩이는 강렬함과 달콤함까지 겸비한 그의 매력을 누가 거부할 수 있을까? 광고만큼이나 강렬한 그의 매력이 실로 거침없이 다가온다.

Single's Talk

위기의 싱글女, 그녀들의 수다

 **최은하 · 1980** 연애란 게 안 해본 여자는 모르는 게 많아 어렵죠. 그런데 해본 여자들도 어렵긴 마찬가지인 것 같아요. 인생 다 산 사람처럼 별 거 없다고 말하다가도 막상 사랑에 빠지면 늘 새로운 고민이 시작되니까요.

김령언 · 1980 누군들 별 수 있을까요? 단맛과 쓴맛, 열탕과 냉탕의 반복이죠. 그래서 결혼을 하나 봐요. 연애에 끝이 보이질 않으니까요.

 **박나영 · 1981** 그렇게 결혼하면 신혼엔 좋겠죠. 하지만 1년만 지나 봐요. 다시 남편에 대한 불평불만이 시작되죠.

최은하 · 1980 그래서일까요? 22살 여대생이든 32살 직장 여성이든 한번 남자 얘기 시작하면 '결혼'얘기까지 가야 끝이 나잖아요? 결혼에 대해선 어떻게 생각하나요?

김유미 · 1987 나중에 결혼할 나이가 됐기 때문에 하고 싶단 생각은 없어요. 이 남자다 싶은 사람이 나타났을 때 하고 싶어요. 결혼 적령기란 거 이젠 별 의미 없지 않나요?

최은경 · 1983 요즘 같은 세상에 결혼이 필수는 아니죠. 하지만 어디까지나 생각일 뿐 결혼을 하긴 해야 할 것 같아요. 어른들이나 주변 시선도 있고, 대세에 따라 결혼하겠지 싶어요.

김은잔 · 1980 아, 괜히 억울해! 점점 더 여자들이 살기 힘든 세상이지 않아요? 예전엔 어리고 예쁘기만 해도 시집 잘 갔잖아요. 근데 지금 현실을 봐요. 다들 능력 있는 여자 찾아요. 대학 졸업하고 직장에서 살아남기 위해 발버둥치고 자리 좀 잡았다 싶으면 어느새 30대 초중반이 돼버려요. 남자들은 어린 여자 좋아한다는데 이미 뒷전으로 밀린 셈이죠.

최은경 · 1983 그뿐인가요? 남자들이 예쁜 여자 좋아하는 것도 변함없잖아요. 요즘엔 예쁜 여자가 너무 많아요. 외모에서 뒤처지지 않으려면 스킨케어도 받고 피트니스도 다녀야 해요. 물광이니 윤광이니 시즌마다 유행하는 메이크업도 알아야죠. 성형외과에서 어떤 성형이나 시술법이 인기인지 정보라도 알고 있어야 하고요. 최소한 '그럭저럭 괜찮은 외모'라는 얘기라도 들으려면 이 정도 노력은 기본적으로 해야 하더라고요. 더 울컥하는 건 남자들은 여자의 수고를 잘 모른다는 거예요. 찰랑거리는 생머리나 예쁜 손톱이 저절로 자라는 줄 안다니까요.

최은하 · 1980 요즘 여자들은 사회의 전 방위적인 요구와 맞서 싸우는 '전사' 같아요. 사랑 역시 적당히 대충하지 않으려고 하죠. 내 인생을 함께 할 반려자를 어떻게 쉽게 결정할 수 있겠어요? 연애와 결혼에 더욱 신중해질 수밖에 없어요.  그런데도 '요즘 여자들은 남자를 고를 때 너무 재고 따져서 문제다'라고 폄하할 땐 왠지 서글퍼져요.

요즘 싱글녀들은 욕을 먹는다. 20대도 욕을 먹고 30대는 더 먹는다. 자기 수준은 생각도 안 하고 눈만 너무 높다는 게 이유다. 남자의 조건을 재고 계산적으로 사랑한다고 한다. 미혼률이 높아지고 저출산을 야기시킨 배경이라고도 한다. 저출산의 더 큰 문제는 '맞벌이가 가능한 출산과 육아환경의 부재'라고 외치고 싶지만 별반 분위기가 바뀌진 않을 것 같다. 욕을 하지 않는 사람들조차 걱정스럽긴 한가보다.

10년째 결혼정보회사 비에나래를 운영 중인 손동규 대표. 평소에 여자들이 강조하는 건 남자의 '성격'이지만 막상 커플매칭을 시작하면 '경제력'을 최우선 조건으로 본단다. 심지어 디 노블의 커플 매니저들은 요즘 여자들이 남자의 '집안력'까지 본다고 귀띔해준다. 집안력이란 남자의 경제 사정에 문제가 생겨도 탄탄히 뒷받침해줄 수 있는 가정환경을 일컫는다. 여자의 성공을 위해 외조까지 해줄 수 있다면 금상첨화다. 여전히 교사, 공무원 등 안정적인 직업이 인기지만 그게 곧 집안력이 좋다는 뜻은 아니라고까지 말할 정도다. 사정이 이렇다 보니 의심이 들 법도 하다.

요즘 여자들 너무 계산적이고 욕심이 많은 건가? 이렇게 여자들이 결혼을 못하는 이유는 순전히 눈이 높기 때문이라고들 한다. 눈에 보이는 현상만 따지고 든다면 맞는 말처럼 들린다. 하지만 결코 그것이 전부는 아니다. 사람들이 쉽게 간과하고 있는 게 있다. 이 시대의 싱글녀들은 '전장의 전사'라는 사실이다. 학교에서 공부 잘하고 사회에서는 돈도 열심히 벌어야 한다. 시간을 거꾸로 돌려서라도 젊어져야 하며 또 아름다워야 한다. 대놓고 강요하는 사람은 없어도 시대가 요구한다. 욕심 많은 여자가 되어야 한다고 말이다. 그러기가 쉽지 않음에도 불구하고, 묵묵히 따르는 이유는 딱 한 가지다. 바로 행복해지기 위해서다. 단순히 먹고 살기 위해 사는 건 의미 없다고 배워왔다. 그래서 행복해지기 위해 노력해왔다. 부단히 자기 계발에 힘 쏟고, 자기 투자에 과감하며, 여가활동을 즐기는 것도 그 때문이다. 이상할 게 없다. 행복해지고 싶으니까 욕심 부리는 거다. 이렇게 욕심을 부리다보니 눈치도 빨라졌나 보다. 사랑의 언약식이 곧 해피엔딩은 아니란 걸 알게 된 거다. 동화는 어디까지나 동화일 뿐, 결혼으로 행복을 보장받는 건 아니라고 의심하기 시작했다. 그래서 결혼이 필수가 아닌 선택이 되었고 머릿속도 복잡해졌다. '이 남자와 내가 행복할 수 있을까?' 아마 그 누구도 먼 미래를 확실히 알 수는 없을 것이다. 하지만 신중하게 점쳐보고 싶은 속내는 어쩔 수 없다. 그러다보니 연애도 결혼도 점점 더 어려울 수밖에 없다.

행복하라고 할 땐 언제고 이제 와서 눈 낮추라 말하는 세상에 묻고 싶다. 사랑에 콩깍지 씌는 순간, 시키지 않아도 절로 낮아지는 게 눈높이다. 평생 솔로인 게 두려워도 마찬가지로 눈높이는 낮아진다. 본인에게 그런 상황이 닥치지 않았다면 적당히 연애하고 결혼하지 않아도 너그럽게 봐줄 수 있지 않을까? 지금 이 순간 '사랑과 인생' 앞에 고민하는 수많은 싱글녀들도 잊지 말자. 자신이 추구하는 행복한 삶이 무엇인지 그려보자. 보다 나은 나의 삶을 위해 욕심을 부리는 건 죄가 아니다. 돈 많은 남자가 행복을 가져다줄 것 같으면 직업 좋은 남자를 만나면 된다. 다정한 남자를 원하면 그런 남자를 찾아 알콩달콩 살면 된다. 아직 젊기 때문에 연애나 잘 해보고 싶다면? 원 없이 연애를 하면 된다.

내가 추구하는 행복한 삶에 가장 잘 어울릴 법한 나만의 훈남을 찾는 거다. 당당하게 그리고 과감하게, 기죽지 말고 눈치 보지도 말고 행복한 사랑을 실천하자. 지금껏 책을 통해 익혀온 사랑의 기술이 행복을 찾는 길에 조금이나마 보탬이 되길 바란다. 잊지 말자. 우리는 이 시대의 전사들이다.

글을 마치며

이 책을 처음 기획할 당시, 내심 큰 기대와 꿈에 부풀었다. 다른 사람의 책에 라이팅 디자이너로 참여한 적은 있으나, 내 이름을 걸고 출판의 세계에 본격적으로 발을 디디는 건 처음이기 때문이다. 방송으로는 연이 닿지 않았던 연애 전문가와 훈남, 출판업계 관계자들까지 새로운 사람들을 만날 기회이기도 한 만큼 가슴 뛰는 경험이 아닐 수 없었다. 그런데 집필을 마칠 즈음, 전혀 예상치 못한 일이 벌어졌다. 내면에서 일어나는 거대한 소용돌이와 맞닥뜨려야만 했기 때문이다.

지난날의 나는 남의 사랑에 자신 있게 감 놔라, 배 놔라 할 수 있는 여자였다. 용하다고 소문난 점쟁이처럼 고민에 빠진 청춘들에게 '척보면 안다'는 식의 조언을 거침없이 풀어냈다. 그만큼 사랑에 대해서만큼은 나름의 확신이란 게 있었다. 그런데 한 장, 한 장 글을 써내려갈수록 지나간 사랑의 기억이 물밀듯 솟구쳐 오르기 시작했다. 책장의 구석진 귀퉁이에 켜켜이 쌓아둔 것 같은 빛바랜 기억들, 애써 억눌렀던 지난 감정이 생생히 되살아났다. 때로는 기억하는지조차 몰랐던 소소한 말투와 행동까지 떠올라 머릿속을 어지럽히기도 했다. 그렇게 지난날을 다른 시선으로 바라보는 색다른 경험을 할 수 있었다. 그리고 깨달은 한 가지. '내가 반드시 옳은 건 아니었구나'라는 사실이다.

글을 쓰는 동안 수도 없이 스스로에게 되물었다. '나에게 누군가 이런 조언을 해줬다면 어땠을까?' '그때도 알았더라면 내

삶이 어떻게 변해 있을까?' 당시엔 정말로 몰랐다. 그토록 애틋했던 우리 사이가 어디서부터 잘못된 건지, 사랑하면 안 되는지 알면서도 왜 멈추지 못해 끝장을 봐야 했는지, 무릎을 꿇은 채 통곡하던 그가 나처럼 쿨하지 못한 이유가 무엇인지 도통 이해할 수 없었다. 이해 가지 않는 이유는 딱 하나다. 내가 옳다고 생각했기 때문이다. 그저 최선의 판단을 했음에도 뜻대로 되지 않는 상황이 이상할 따름이었다. 하지만 이제야 비로소 알 것만 같다. 애틋했던 사이가 비틀어진 이유는 구속하려 들었기 때문이었다. 끝장을 봤던 이유는 사랑과 불행을 혼동해서였다. 상대를 그토록 집착하게 만든 건 아름다운 이별에 대한 내 의지가 부족해서였다. 돌이켜보니 나 역시 사랑에 너무나 서툴렀다.

이 책을 통해 얻은 가장 큰 수확은 애초 계획에는 없던 것들이다. 나의 지난 사랑과 삶을 돌이켜보는 기회. 대충 집어삼키는 게 아니라 꼼꼼히 곱씹으며 단맛과 쓴맛을 음미했다고나 할까. 덕분에 찰나의 순간에 뒤바뀔 수 있었던 삶의 무한한 가능성을 실감하게 됐다. 스스로 짜놓은 좁디좁은 삶에서 벗어나 더 넓은 곳을 향해 두둥실 떠오르는 것만 같았다.

〈대쉬〉는 대단한 문학작품이나 인문서적이 되기를 희망하며 쓴 책이 아니다. 재밌고 이해하기 쉽게 엮은 연애 지침서일 뿐이다. 여기에 좀 더 알차고 신선했으면 하는 게 솔직한 바람이고 기대치였다. 그런데 글을 마치는 지금 나는 단단히 생각을 고쳐먹었다. 뻔히 알 것 같은 정보라도 누군가에겐 엄청난 발견이 될 수 있다고 믿는다. 또 가볍게 전하는 한마디지만 가슴 절절하게 와 닿는 묵직한 조언이 되어줄 수 있다고도 믿는다. 왜냐하면 내가 그랬으니까. 저자인 나 역시 경험해봤으니 자신할 수 있다. 너무 무겁지 않은 그러나 결코 가볍지도 않은 연애 지침서. 사랑이 어려운 당신의 곁에서, 때론 다정하게 얘기 듣고 때론 날카롭게 조언하는 진정한 벗이 되길 바란다.

이 책이 만들어지기까지 참 많은 분들이 애써 주셨다. 내 매니저를 자청한 전경우 기자와 뜻을 마음껏 펼치도록 믿어준 '리즈앤북'의 김제구 대표께 무한한 감사를 드린다. 책이 나오기까지 박영민 실장의 도움에도 감사드린다. 네 분의 전문가와 아홉 분의 훈남들, 싱글녀들, 결혼정보 업체에도 다시 한 번 감사의 마음을 전한다. 기획 단계부터 조언을 아끼지 않은 친구 김령언과 박현경 작가, 오동운 피디에게 무척 고맙다. 지금의 나를 있게 해준 고마운 분들은 또 있다. 황순규 피디, 박지아 국장을 비롯한 제작사 코엔 식구들, 홍주영 작가와 박관식 피디를 비롯한 제작사 트럼프 식구들, 김진만 박상일 윤길용 피디와 백종숙 작가를 비롯한 MBC 식구들이다. 또한 내게 힘이 되어준 KBS 황제연 김찬규 피디 및 김동완 피디를 비롯한 한국 씨네텔의 VJ 특공대 식구들도 고맙다. 굴곡진 작가 인생에 위로가 되어준 윤정 언니, 은잔이, 지도, 석민과 선미 피디도 고맙다. 늘 든든한 주희, 경미, 민정이 외에 일일이 이름을 거론할 수 없는 작가, 피디, 방송 관계 선후배 동료들에게도 고마움을 전하고 싶다. 격려와 칭찬, 채찍을 번갈아가며 나를 성장하게 해주었기 때문이다. 세상에 둘도 없는 친구 수희와 진화에게 깊은 사랑의 마음을 전한다. 20대를 함께한 선미, 지완, 지영과 염광 친구들과 하늘나라에 있는 하마, 말썽쟁이 동네 친구들에게도 내 마음을 전한다. 마지막으로, 늘 낙천적이고 순수한 우리 가족에게 깊은 감사를 전한다.

감사합니다, 여러분!